避暑に訪れた人びと

ベルリン・シャウビューネ改作版

ペーター・シュタイン
ボートー・シュトラウス

論創社

避暑に訪れた人びと

――ベルリン・シャウビューネ改作版――

目次

上演の最初の数分間で……

ある作家が絶海の孤島を旅する。そこでは数年前から、巨大な技術研究プロジェクトが行われていた。作家がステーションを出てみると、驚いたことにこの島全体に人っ子ひとりいない。ところが作家はある日突然に、自分が生きた人びとに取り囲まれていることに気付く。しかも彼のすぐ目の前だというのに、人びとはまったく平常どおりに行動し、喧嘩し、愛し合うのだ。作家には目にするすべてがなじみのものに思われたが、それでも相変わらずよそ者で、アウトサイダーであり続けた。なぜなら作家は、人びとの輪に加われない。この連中には話しかけることができず、彼らの行動は制御不能で、そもそも干渉できなかったからだ。彼らは完全に具象的な姿で存在してはいるが、過ぎ去った人生からの諸場面を繰り返すのである。人びとの一群が浮かび上がっては、また消えてゆく。ついに作家は、秘密の痕跡をつかんだ。研究ステーションで彼は、人の生涯を完璧に保存し、しかもあらゆる感覚的レベルで再生できるという、途方もないマシーンを発見する。これが、つまりは「モレルの発明」である……(アルゼンチンの作家ビオイ＝カサーレスが、同名小説でこの話をしている)[★1]。

これから上演されるゴーリキー作『避暑に訪れた人びと』の最初の数分間で、観客は突然、十三人の見知らぬ人びとと対面することになる。彼らは客席のかなり間近までやって来るが、観客に向かって登場したわけではない。やがて何の説明もないままに、登場人物たちは、お互いに個人的なやり取りを深めてゆく。そして観客には、そもそも何が問題なのか、正確には分からない……。この上演は、一群の人びとを知る機会を提供する。と同時に、上っ面な付き合い方が、その人物に関するきわめて根深い偏見や憶測をよぶ社会にあって、現実の人びとと知り合う機会を提供する。こうして観察と想像が入り乱れるなかで、まもなく偏見の晴れる瞬間が訪れる。あらゆる知覚が確かな拠りどころを失って、遠く離れた幻影のように、身近に存在する人びとが感じられる瞬間である。

舞台上には、過ぎ去った時代の人びとが登場する――彼らのうちもっとも年長の者は、大体一九世紀半ばに生まれているわけだ――、同時に彼らは異国の人びとでもある。その道徳的かつ知的な見解は、完全に時代遅れのものに思われる。そして政治的にラジカルな彼らの発言ですら、今日の言語感覚からしてみれば、浮いたように聞こえてしまう。だが、彼らのコミュニケーションが成立し始めると、その様子は突如として、じかになじみのものになる。ここでは一種のリアリズムが成立しており、それは個々の登場人物の心理分析（Psychologie）よりも、むしろ言説分析（Diskurs）から展開されるものだ。[★2]

このような方法論は、他のいかなるゴーリキー作品よりも、まさに『避暑に訪れた人びと』において、もっともうまく試すことができた。この作品のドラマトゥルギーは、ひょっとしたら不完全であるかもしれない。チェーホフの方法論をめぐってあまりにも汲々としているからだ。しかしその不均整な形態からは、大いなる大胆さを勝ち得ている。すなわちこの作品は、人びとが絶え間なく行き来するさま、ただ一つの巨大な声の喧騒から、そもそも成立しているのである。

ボートー・シュトラウス

避暑に訪れた人びと

――ベルリン・シャウビューネ改作版――

登場人物★3

セルゲーイ・バーソフ　弁護士、およそ四〇歳
ヴァルヴァーラ　その妻、二七歳
カレーリヤ　バーソフの妹、二九歳
ヴラース・チェルノフ　ヴァルヴァーラの弟、二五歳
ピョートル・スースロフ　建築技師、四二歳
ユーリヤ　その妻、三〇歳
キリール・ドゥダコーフ　医師、四〇歳
オーリガ　その妻、三五歳
ヤーコフ・シャリーモフ　作家、四〇歳前後
パーヴェル・リューミン　三二歳
マーリヤ・リヴォーヴナ　女医、三七歳
ドッペルプンクト　スースロフのおじ、五五歳
ザムイスロフ　バーソフの代理人、二八歳
プストバーイカ　別荘番、五〇歳
クロピールキン　別荘番、五〇歳
サーシャ　バーソフ家の子守女

劇団シャウビューネの上演台本について

ゴーリキーは『避暑に訪れた人びと』(原題『別荘人種』)を、戯曲(Drama)や芝居(Schauspiel)や喜劇(Komödie)ではなく、「場面集(Szenen)」と名づけた。この呼び名が、改作する上での刺激となった。ここでいう場面集とは——ドラマトゥルギーを構成する技法上の意味ではない。ゆるやかに事件が次々と起こり、ひとつの全体へと組み合わされた断片集ではないからだ——そうではなく、制限された舞台上で繰り広げられる一群の人びとの人間関係や出会いなどの複雑な形成物の同義語として、この場面集という語彙は用いられている。すなわち問題は、出来事の順序や筋の展開にあるわけではなく、むしろ内面状態と外的状況とを包含することにあると言えよう……。

個性豊かだが、それでいてお互いに似通った多くの人びとを劇場という場に集めて、それぞれの伝記、境遇、見解、感情をひしめき合わせること、そして、まるで通りすがりのように、これらすべてからほんの二、三の破片《かけら》を摑み取ること……。

これが、一方にはある。しかし『避暑に訪れた人びと』は、もっぱら静的な演技状況のなかでのみ繰り広げられるわけではない。この作品は、解放の物語に動機づけられており、ある結末へと導かれる。こうした二つの方向性、叙述する動きと進展する動きとが、相互に重なり合っている。
さて、改作版では、まずグループと彼ら全体の「境遇」を位置づけようと試みた。そこから進展のプロセスは生まれるのだし、生まれなければならないからだ。それは、ドラマトゥルギーから言えば、ゴーリキーが意図した導入部とは別の様式を要求することになった。劇の登場人物たちは、筋の始まりには、全員が決められた場所に集まっていることが望ましい。これに対してゴーリキー原作では、登場人物は第一幕で少しずつ紹介され、詩人シャリーモフの突然の登場によって終わる。そして第二幕になってようやく、ドッペルプンクトのようなとても重要な人物が登場してくる。しかも行動を共にするグループが形成されるのは、そもそも第三幕のピクニックに出かける場面に入ってからなのだ。筋は、第二幕において顕著であるように、人びとの行き交う様子にあふれ、浮かび上がっては再び消えてゆく、切り出した場面に満ちている。しかし改作版では、人びとが長時間にわたって集合しているさなかに、多数の小場面が成立しては、再び解《ほど》かれてゆく。つまり場面転換には、鋭い眼差しや咳の発作ひとつで十分な場合もあり、そこから新しい場面が始まるのだ。
このように全体を示そうと決意したので、必要不可欠な一連の改編作業を行った。すなわち、第一幕と第二幕の諸場面を新たに構造化する配置換えや、カットや、書き足しが行われた。(個々の改作意図については、テクストの欄外で言及される。)★4
本質的には、次のように改編された。昼間に戸外で演じられる第二幕の大部分は、作品の冒頭部に移され、大きな共同体の場面に拡張されたし、またゴーリキーがこの劇を開始する二つの夜の場面は、その後に初めて登場させた。

第三幕と第四幕は、ゴーリキー原作とほとんど同じ筋の経過を辿っている。

テクストの形態について。俳優やその他すべての劇団員たちのもとで、当初、この作品から挑発された溢《あふ》れるほどの願望や意図は、ゴーリキーによって構想された人物をもっと深く研究し、新たな状況や思いがけぬ出会いから語ろうとする、討論中に芽生えた欲求とともに、次第にある上演台本を成立させることになった。改作版は、たしかにもはや原作に忠実とは言えないが、これもまた、『避暑に訪れた人びと』との長期に及ぶ格闘作業から自然に生み落とされたものなのだ。改作版の下地となったのは、劇団シャウビューネのためにヘレーネ・イメンデルファーが作成した粗訳である。この作品の初稿の形態に関しては、フランクフルト・アム・マインの出版社フェアラーク・デア・アウトーレンから刊行された、アンドレア・クレーメンによる翻訳を読めば、最良にしてもっとも具体的な情報を得ることができる。これと比較すれば、アウグスト・ショルツによるかなり古い翻訳（フィッシャー出版社）は、より一層明快な文体に特徴づけられてはいるものの、かなり文飾過多であり、誤った過小評価を含む表現となっている。しかもこの翻訳には、明らかな間違いや誤読が相当数存在する。最近になって、ヘンシェル出版社（東ドイツ・ベルリン）から販売されたゲオルク・シュヴァルツによる翻訳は、未校閲の段階においてのみ我われは利用することができた。

I　お昼すぎ

1

避暑に訪れた人たち全員が、体を動かすこともなく、テラスに腰かけている。[1] クロピールキンとプストバーイカが、汚れた庭を清掃している。

クロピールキン　今年は誰が別荘を借りたのか、知ってるか？
プストバーイカ　知るわけない。知りたいとも思わねえさ。
クロピールキン　知りたくないって、なぜだ？
プストバーイカ　興味ねえ。誰だって一緒さ。避暑にやって来る連中なんざ。そこらじゅうにゴミを置いてきやがる。やって来ては退屈して、あちこちにゴミを残してく連中さ。
クロピールキン　あちこちにゴミを残してくのか？
プストバーイカ　そうさ。おいらたちが気をつけてなきゃ、いまに森なんてなくなっちまう。ゴミのでっかい山だけが残ってな。

クロピールキン　あの大きな別荘を誰が借りたか、お前、本当に知らないのか？
プストバーイカ　もちろん、おいらは知ってるさ。大きな方を借りたのは、弁護士のバーソフさ。
クロピールキン　バーソフだって？
プストバーイカ　ああ。
クロピールキン　それで、後ろの小さい方の別荘は？
プストバーイカ　そっちを借りたのは、建築技師のスースロフだよ。
クロピールキン　お前、あの連中を知ってるんだな？
プストバーイカ　もちろん、おいらは知ってるさ。知りたいとも思わねえがな。避暑に訪れる連中なんてのは、どいつもこいつも同じさ。みんな、お偉がたってわけだ。
クロピールキン　みんなお偉がたなのか、え？
プストバーイカ　そうだ。

2

ヴァルヴァーラ　サーシャ！……サーシャ！……サーシャ！……ヴラース、すまないけどサーシャを呼んでちょうだい。わたしたちにお茶を入れてほしいの。
ヴラース　（呼ぶ）サーシャ！

しばらくしてサーシャ登場。

ヴラース　お偉がたがお茶をご所望ですよ。
サーシャ　すぐにお茶の支度をして、皆さまにお運びします。

ザムイスロフは眠っているスースロフのわきでユーリヤといちゃつく。スースロフは目を覚ます。ユーリヤは芝生の上でダンスする。

ザムイスロフ　あなたがぼくらの芝居の稽古に来られなかったのは、残念です、スースロフさん。あなたの奥さんの演技は素晴らしかった、見事なものでしたよ。
スースロフ　口の利き方には気をつけな、ザムイスロフ……このクソ野郎め！
ザムイスロフ　あの人は、本当に素晴らしい才能をお持ちです。もし間違っていたら、この首を差し出したって構いません。
スースロフ　軽口をたたいてやがると、本当に首がなくなるかも知れんぞ。そうなれば、おまえの言い分も一理あることになるがな。
ザムイスロフ　心も軽ければ、財布も軽い、だいたいが身軽な人生ですよ……
スースロフ　財布の中身も軽いってか？　そりゃ怪しいもんだな……

3

カレーリヤとシャリーモフが庭でテーブル席に着いている。

カレーリヤ　シャリーモフさんですね[2]？

シャリーモフ　そうですが？

カレーリヤ　あなたの最近の短篇集をすごく気に入っていますわ。とっても物柔らかで、哀愁に満ちているんですもの。

シャリーモフ　どうもありがとう。

カレーリヤ　以前のあなたは、まったく違う書き方をされていました。はるかに現実的で、感覚的効果の高い作品をお書きでしたね――

シャリーモフ　そうです。

カレーリヤ　今のあなたは、人間の感情やその秘められた願望や痛みに、より一層の関心を払っていらっしゃると思います。だから上っ面な描写や、露骨な常套句などはお捨てになったのですね――

シャリーモフ　あなたはわたしをよく理解してくださる。

ドッペルプンクト　（彼は仲間に加わり、話を傾聴していた）わしがトルストイの『復活』を読もうとせんのはなぜか、ご存知かな？　つまり昔、わしの工場の雇用人にとても才能豊かな支配人がおってな。ある日彼はトルストイの『復活』を読むと、あっという間に頭がイカれてしもうたのじゃ。やつは退職願いを書くと、女房と子供を捨てて、自分でも小説を書き始めた。四年間やつは狂ったように自分の小説を書いておった。ところがやつには結局、『復活』を読んで記憶に残ったもの以外、何も書けはせんかった。そう、やつはトルストイの『復活』をもういっぺん書いてしまいおったんじゃ。もちろん、はるかにひどい文章と乏しい内容でな、当然のことじゃが。しかしやつも、デモーニッシュな衝動に駆られておったんじゃろう、とは思う……まあ、そういうことじゃ(3)。

カレーリヤとシャリーモフは応答しない。カレーリヤは自分の画架《イーゼル》に向かう。サーシャがサモワールを運んでくる。

4

オーリガとドゥダコーフがテラスの書き物机に着いている(4)。

ドゥダコーフ　おまえは子供の面倒さえ見ない気なのか?
オーリガ　女中がついてるでしょ。
ドゥダコーフ　今日は休みだったと思うがな。
オーリガ　なんですって? あら、お休みの日ならあしたよ。わたしを驚かせるのがお好きね。

ドゥダコーフ　今朝、おまえは言ったじゃないか、今日だって。
オーリガ「あした」だって、今朝わたしは言いました。
ドゥダコーフ　なんてことだ！　まあどっちみちあの女中はいいかげんな女さ。ヴォーリカがうろちょろしているのを、お前も見ただろ？
オーリガ　いやっ、なにか目に飛び込んできたわ。キリール、見てちょうだい！

5

ヴラースが床に寝転がっている。ドッペルプンクトが彼を蹴りつける。(5)

ドッペルプンクト　お前さん、どうした？　好きで仕事をしたことは一度もないみたいじゃな。図星かい？
ヴラース　仕事だって？　ふむ。ぼくの知るかぎり、あなたは「仕事」という言葉から、同胞を搾取することを考えてらっしゃいますね。その意味での仕事なんて無論、行《おこな》ったことはありませんよ。
ドッペルプンクト　なあ、お前さん。今は待つことじゃ。まずは成長しなされ。ピンク色の脳みそがその頭に知力を養ったなら、すぐに気付くじゃろうて。他人の首根っこを摑みさえすれば、あっという間に幸せになれるってな。わしの言うことを信じなされ。
ヴラース　デブの兄貴のスタニスラウスは

現金《げんなま》出すのが好きじゃない
夜は救貧院で一眠り
だから決まって億万長者は
いつもぼくには鼻につく

ヴラースは起き上がり、マーリヤ・リヴォーヴナの許に腰かける。

ドッペルプンクト　なんてことじゃ。このわしに説教を垂れるとはな。まあ、よしとするか。

6

サーシャがバーソフにお茶を運んでくる。

サーシャ　セルゲーイ、お馬鹿さんね、どうして上着を着ないのよ？　空気が冷たいわ。風邪まで引いちゃうじゃないの。上着を取ってきてあげる。

バーソフ　寒くない。上着なんて必要ないさ。寒くないんだ。

7

ヴァルヴァーラはロッキングチェアに寝そべって本を読んでいる、リューミンはピアノにもたれて立っている。

リューミン　以前のぼくだったら、もっと説得力のある言葉をかけてあげられたのに。残念ですが、またひどく興奮してしまったようです……きっとあなたは、怒ってしまわれたのですね――

ヴァルヴァーラ　あなたが興奮なさったからじゃありませんわ――

リューミン　違うのですね？　でも――？　（彼はヴァルヴァーラに近付く）

ヴァルヴァーラ　なんて奇妙な日なの……人間よりも言葉のほうがはるかにわたしたちを不安にさせるなんて。そうは思いません？（彼女は無造作に彼の髪の毛を撫でてやる。リューミンは彼女の手にキスしようとする）

リューミン　ぼくは海を見てからは、沈黙したい気持ちに駆られることが多いのです。頭のなかで、あの無限のざわめきが聞こえます……人間のすべての言葉は、海に消える雨のしずくのように、あの無限の音楽のなかに消え去るのです。

ヴァルヴァーラ　ちゃんと素敵に話せるじゃありませんか――

バーソフ　（背景で）

わたしは海を見た、
むさぼるようにして眺め、
見ることの限界を測ってみた。
思考できぬものに寄り添い、額は疲れ果てたが、
わたしは海を見た……そうだ。

リューミン　ヴァーリャ、どうか信じてほしい、永遠なる波の光景は、ぼくらの傷口を癒してくれます……あなただって結局は傷つき、病んでいる人間なのですから。

ヴァルヴァーラ　傷ついている？　ええ――多分そうでしょうね。でも、わたしは病んではいません。

8

サーシャが上着を持ってバーソフの許へやって来る。

サーシャ　さあこっち！　上着を着なさい！　ほら立って！

バーソフ　上着なんて着たくないよ。寒くないんだ！

サーシャ　寒いか、寒くないかは、問題じゃないの。今日の午後は涼しいわ。だから上着は必要なの。言うことを聞きなさい！

サーシャはバーソフに上着を着せてやる。

9

ドッペルプンクトとスースロフが庭に立っている。

スースロフ　聞かせてください、今後はどうやって暮らすおつもりですか?
ドッペルプンクト　わしにも分かってはおらん。お前に提案してほしいと思っておる、かわいい甥っ子のお前にな。
スースロフ　ええ、でもそう簡単にご提案できるものでもありませんよ。一緒によく考えてみなければなりませんな。
ドッペルプンクト　つまり、お前はこのおじを家に引き取ってはくれんというのだな?
スースロフ　そんなことは言ってませんよ。
ドッペルプンクト　そう。たしかにお前はそう言わなんだ。だいたいが何も言いやせんからな……まったく! お前らここの連中は、退屈なやつらばかりじゃな! 気力もない! 生きる歓びもない、冒険心もない、何にもありゃあせん——
スースロフ　どうしてそうおじさんがいきり立つのか、おれにはちっとも分かりません。
ドッペルプンクト　そうか、滑稽に見えるのじゃな、そのとおり。わしだって余計な物質に過ぎん。それにわしはいつだって、お前とは違う性分じゃったからな。

10

ザムイスロフとユーリヤが二人でピアノを演奏している。(6) ヴァルヴァーラがそこへやって来る。

ヴァルヴァーラ　あなたはご自分のことを騒ぎ立てますわね、ザムイスロフさん、いろいろと、桁はずれに。

ザムイスロフ　おや！　それこそが桁はずれな男のしるしだと、ぼくは思いますがね、ヴァルヴァーラ・ミハーイロヴナ。

ヴァルヴァーラ　いつもちょっとしたセンセーションを狙ってらっしゃるのね……

ザムイスロフ　失礼ですが――あなたはぼくの弁護士、あるいは芸術家のどちらの特性を言ってらっしゃるのでしょう、それとも……

ヴァルヴァーラ　そのうえ、賭けごとでもあなたは才能をお持ちのようね。そうなんでしょ？

スースロフ　そのとおりさ、こいつは昨夜クラブで、酔っ払った商人をターゲットに、金をまきあげていやがった。

ザムイスロフ　まきあげたなんて、イカサマ師に使う言葉でしょう。ぼくの場合は「勝った」と言ってもらいたいな。ぼくは勝っただけですよ。たった四十二ルーブルの勝利でしたがね。

ヴァルヴァーラ　あら、だったらシャンパンをふるまってくださいな。

ザムイスロフ　お約束しましょう。今度の日曜日に、ぼくらの芝居が終わった後でね。楽しみにしておいてください。

11

マーリヤ・リヴォーヴナとヴラースがテラスで藤椅子に座っている。

ヴラース　なんでぼくをそんなに見つめるんです？
マーリヤ・リヴォーヴナ　痩せたわね、ヴラース。どうしたの？
ヴラース　しかめっ面しているせいさ。
マーリヤ・リヴォーヴナ　わたしと話をするときはいつも冗談ね。知り合ってからずっとそうだわ。これはわたしのせいなの？
ヴラース　ぼくの本性さ。
マーリヤ・リヴォーヴナ　ちょっとわたしの顔を見なさい！　そう！　ニヤつくのはおやめなさい！――あなたがどれだけ我慢できるか、見ていてあげましょうね。

12

ヴラースは笑いのツボにはまる。

ヴァルヴァーラ、カレーリヤ、ドッペルプンクトが画架《イーゼル》のそばに立っている。

ヴァルヴァーラ　素晴らしい出来ね、カレーリヤ。あんたの絵はますます幻想力に満ちていく。
カレーリヤ　あたしは目の前に見えるものを描いているだけよ。
ヴァルヴァーラ　でも、あんたが描いてるこの庭園は、実際には見えないじゃないの。
カレーリヤ　これは、庭園じゃないわ。
ドッペルプンクト　違うのかい？　いやあ、これは古い荒廃した庭園だと、わしは思っておったがの。
カレーリヤ　自然を模して題材を描くんじゃないわ。人の顔立ちから見えてくるもの、表面上のしかめっ面のその背後に隠されているもの、それをあたしは描くの。
ドッペルプンクト　ああ、そうかい。
カレーリヤ　この絵のタイトルは『台風を前にした不安』です。★5
ドッペルプンクト　なるほど、庭園はべつな何かを、いっそう深いものを表す比喩にすぎんのじゃな
――
カレーリヤ　さきほど申し上げましたとおり、これは庭園ではありません――
ドッペルプンクト　いや、そうでしたな……変わったお人じゃて……

13

ドゥダコーフがリューミンを書き物机に連れてくる。

ドゥダコーフ　聞いてくれ、パーヴェル・セルゲーエヴィチ、施設が大変な騒ぎなんだ。(7)不良どもがまた、暴力行為さ。
リューミン　どちらの施設です？
ドゥダコーフ　どちらの施設って、わたしらのに決まってるじゃないか！
リューミン　そうですか。ぼくはもう長いことあそこへは行ってませんからね。
ドゥダコーフ　きみは新聞を読んでおらんのかね！「少年保護院で暴動」――わたしらのガキどもが大暴れさ。あいつらなんて死んでしまえばいい。とにかく新聞は、わたしら二人のことをこっぴどく書いていますよ。今朝から教師どもはまた体罰を加えている。
リューミン　そりゃあひどい。不愉快きわまりないな。畜生め！　どこでも下劣と粗暴さが蔓延っています。そしてそれを食い止めるには、ぼくらはあまりにも貧弱なのです。キリール・アキーモヴィチ、ぼくにはいま、それを気にかけるだけの余裕がないのです。どうか、ご理解ください。
ドゥダコーフ　そう、わたしらにはもうみんな力がありませんな。少し疲れてしまったのです。「社会改革」――素晴らしい、立派なことだ！　しかし働け、働けとばかり言われる昨今にあって、働いているのはわたしばかりですよ……わたしも疲れてしまいました。こん畜生め！
オーリガ　ちょっと大袈裟じゃないかしら、キリール。こっちへ来て、報告書をまとめてちょうだい。
ドゥダコーフ　もちろん書くさ。わたし以外の誰が報告書を書くというんだね！　ここでは誰も仕事をしないのだからな。

ドッペルプンクト　（テラスの欄干に寄りかかって）やつの言うとおり。でも結局、やつは医者なのじゃ。そして医者たる者が、過酷な仕事を愚痴ってはならぬ。それは作法にかけるというものじゃ。

14

バーソフがヴァルヴァーラを呼びつける。(8)

バーソフ　ちょっと、きみ……ほら、ほら、ほら。いかがわしいビジネスに対して政治なんて何になる。ぼくのクライアントだったツヴェルトリコフを覚えてるかい――？（彼は彼女に新聞の紙面を見せる）ほら、読んでごらん。ペテルブルクでやつが捕まったんだ。五〇万ルーブルを着服したってことらしい。想像してごらん、高級官吏がだよ、こんなペテンをやらかすんだからね。とんでもない話さ。ますます大勢の人がこの国を罵倒するのも、不思議じゃないだろ？……この記事は絶対にザムイスロフに見せなくちゃな。一体どこに行ったんだ、ぼくの代理人は？　いや、こういったほうがいいのかな、ユーリヤの旦那さまの代理人はどこへ行ったって――？

ヴァルヴァーラ　口を慎みなさい、バーソフ！（彼女は出て行く）

バーソフ　どうしたっていうんだ？　誰だって知ってることだろ、ヴァーリャ。こんなことでカッとなるなんて、ぼくには理解できない。

ユーリヤ　（ロッキングチェアに腰かけて、笑っている）ほら、あたしたちの夏の生活って、こういう勝手気ままなところが好き。素晴らしいわね！　いや、ほんとに楽しいわ。

15

ヴァルヴァーラがスースロフのそばを通りすぎる。

スースロフ　おたくのあのザムイスロフは信用しないほうがいいですな。忠告しといてあげますよ。いつかきっとあなたの亭主を刑務所送りにするでしょう。あいつは悪党ですよ。そうは思いませんか？
ヴァルヴァーラ　まあ、なんて口の利き方ですの……！
スースロフ　はあっ？
ヴァルヴァーラ　あなたとザムイスロフの話はしたくありません。
スースロフ　そりゃあ、結構。お好きになさってください。しかしあなたは非の打ち所がない自分の率直さってやつを、少々売りにしすぎてやしませんか？　気をつけなさい、完璧に率直な役柄を演じるのは、ひどく難しいでしょうからな。そつなくやるには、気丈な性格に、勇気、それに賢明さが必要でしょう……お気を悪くされましたか？
ヴァルヴァーラ　いいえ。
スースロフ　言い合いをするのが嫌なんですね？　それとも内心では、おれの言い分に賛成なんですか？

ヴァルヴァーラ　わたしには議論なんて無理ですよ……話ができないのですから……

スースロフ　すみませんな……非の打ち所がなく率直であろうとする人間が近くにいると、我慢がならない性質《たち》でしてな。どうかお気を悪くなさらないでください。

16

ドゥダコーフ　完全に神経をやられたようだ。もう何もできん。おしまいだ。わたしは疲れた、疲れ果ててしまったよ。こんなのは全部、どう片付けたらいい？　あの低能な市長の野郎が、わたしにこう叫ぶんだ、患者がめしを食いすぎるってな！　それに解熱剤を使用しすぎる、こんなのは浪費だって、わたしを非難するんです！　馬鹿野郎め！　大体が、あいつはまるで分かっちゃいないし、それに貧民街の乾燥した通りに、まずは水道を整備すればいいわけだ！　おまけに、わたし自身が解熱剤を食べてるわけじゃない……この解熱剤に、わたしはもう我慢がならないのだ。あの恥知らずの大馬鹿野郎め！

オーリガ　しっかりしてちょうだい、キリール。わたしたちは家にいるわけじゃないのよ。どうしてそうもイライラする必要があるの？　同じことの繰り返しでしょ。もう少しずつ慣れてきてもいい頃だわ。

ドゥダコーフ　頼むよ、愛するオーリガ。わたしは一体どうすりゃいいのだ？　確かに仕事に慣れてはきた。節約しろと命令がくれば、節約しもする。これは患者に対する犯罪なんだが、今じゃそれにも慣れてしまった。残念ながら、わたしはマーリヤ・リヴォーヴナのように個人診療所を持ってはいないからな。だから、この惨めなポストを捨てるなんてことはできんのだ。

オーリガ　家族が多いせいだって、そう言うんでしょ？　また同じ言い訳を繰り返すのね！　しかもこんな大勢の前で、言う必要なかったはずだわ。卑怯だし、思いやりがないのよ、あなたって人は！

ドゥダコーフ　オーリガ、一体どうしたんだね？

オーリガ　また全部、わたしのせいだって言いたいんでしょ。

ドゥダコーフ　そんなこと、言ってないじゃないか！

オーリガ　あなたがそんな人だってことは、もう前から分かっていたわ。

ドゥダコーフ　こうなるとは、思ってもみなかったんだ！

オーリガ　わたしのことは放っておいてちょうだい！（彼女は走り去る）

ドゥダコーフ　どうかご容赦ください、パーヴェル・セルゲーエヴィチ。オーリガ！　まったく思いもよらぬことになりました。こんなことは考えてもみなかった、オーリガ！……まったくわたしにはわけが分かりません……

彼は彼女を追いかける。

リューミン　いつか彼は銃弾で、自分の頭を撃ちぬくような気がします。

ヴァルヴァーラ　他人事《ひとごと》のようにおっしゃるのね……

17

シャリーモフ、カレーリヤ、マーリヤ・リヴォーヴナが庭でテーブル席に着いている。次第に他の登場人物がこれに加わる(9)。

カレーリヤ　ここであたしたちと一緒にいると、ひどく退屈ではありませんか。ペテルブルクでの生活に慣れてらっしゃるでしょうから……ああ、こんな希望のない人びとのあいだで暮らすなんて、とても息苦しくて、屈辱的でしょうね！

マーリヤ・リヴォーヴナ　でもだからって、愚痴をこぼしてばかりの生活が居心地よいっていえるのかしら、カレーリヤ。辛抱強く凛として訴えかけることを、この国の作家たちから学ぶのです。彼らにはそれができるのですから。彼らの絶望の美しさは、わたしたちすべてにとって慰めなのです。

ユーリヤ　物悲しい小説が、結局は一番美しい小説ですわ。それに、もっとも愛されるわね。反論することはありますか？

マーリヤ・リヴォーヴナ　わたしは、愚痴をこぼすだけでは無意味だし、くだらないと思う。作家は何よりも、公共圏におけるその独自のポジションを役立てる必要があります。それも、祖国の悲惨な状況を取りあげて、その原因を突きとめるために、そうするべきなのです。ただ作家だけがそれをやれるのだし、またそうせねばならないのです。貧困にあえぐ人民の利害のために作家は行動を起こすべきです。そう、闘わねばなりません。執筆活動は作家にとって、闘いを意味しているのです。

バーソフ　なるほど、あなたの考えに従うならば、すべての作家は同時に、革命家でなければならないのですな。だがご承知のとおり、実際には、それがすべての作家にあてはまるとはかぎりませんよ。

ヴラース　ああ、マーリヤ・リヴォーヴナ、あなたは詩がお好きではないのですか？　あなたの頭のなかには、おそるべき秩序が支配しています。いっぺんスプーンを突っこんで、そこを力強くかき混ぜてやりたい。

マーリヤ・リヴォーヴナ　やめて、ヴラース、わたしは真剣に話しているの——

カレーリヤ　ひょっとしてあなたはシャリーモフさんの本をまだ一冊も読んでないのでは……

マーリヤ・リヴォーヴナ　彼の本ならたくさん読んでいますわ、カレーリヤ。それに繰り返し目を通す箇所がいくつかあります、だってとても素敵だと思うから……それでもあなたにはこう質問せざるをえません、どうしてあなたは作品を書くのでしょうって。あなたが誰を愛し、誰を憎んでいるか、あなたの作品を読んでいて、ちっとも伝わってこないのです……あなたは誰ですか？　わたしの仲間か？　それとも敵なのか？　わたしにはそれが分からないのです。

シャリーモフ　その質問にお答えするのは、難しいことです。ぼくにだって分かりませんよ。文学や執筆活動から休息をとるために、ぼくはこの二、三週間、田舎の友人の許へやって来たわけですから。どうか奥さま、ご理解くださるようお願いいたします。

彼は他の人たちから離れる。

カレーリヤ　（マーリヤ・リヴォーヴナに向かって）あなたは文学に対して、完全に間違った要求をなさっていると思います。詩人とは常に間接的に、詩的イメージのなかでのみ物語るものなのです。詩に対するセンスをお持ちでなければ、新聞だけをお読みなさい。そのほうがマシでしょうから。

ザムイスロフ　首を突っこんで申し訳ありませんが、美への渇望というのは、ぼくには人間の原初的欲求だと思えるのです。それなのに、そのぼくらがなぜ特別扱いされて、すべての美を断念しなければならないのでしょう？

マーリヤ・リヴォーヴナ　わたしは断念なんて言ってない。その逆ですわ。作家が、自分の生きている社会の虚偽を告発し、その不正を暴くときにだけ、詩は勝利をおさめる、とわたしは思っています。作家には事実を容赦なくありのままに告げる義務がある、作家には党派性が必要なのです(10)！

リューミン　ダメです、事実をありのままに告げるなんて間違っています。間違いだし、滑稽なことだし、残酷ですよ。それに人生を危険に曝すでしょう！　そんな意味のない暴露には、反対だ。生活は美しく飾られねばならないのです。その新しい装飾を見つけてもいないうちに、生活から幻影という名の防御膜《ヴェール》をむしりとろうだなんて、狂気の沙汰ですよ。

マーリヤ・リヴォーヴナ　何の話をなさっているの？　あなたのおっしゃることは理解できません。
ドッペルプンクト　わしはもう長いあいだ何も分かってはおらん。本当に何にもな。残念なことじゃ。一体いま何が問題になっておるのかな？
リューミン　自己欺瞞を要求する人間の権利についてですよ。美を与えてくれない生活のどこに意味があるのです？　人間は力なく、惨めです。すべての人を一様にうんざりしながら眺めるときに、人間の最高の野心は満たされるのです。
マーリヤ・リヴォーヴナ　人民が飢えているときに、あなたはそれを見て美しいと思うのですか？
リューミン　もう勘弁してください、マーリヤ・リヴォーヴナ、ぼくはそんなことは言ってませんよ！人間は利口になればなるほど、地上で生きるのが困難になります。人間は長く生きれば生きるだけ、一層いかがわしさや、低俗さや、粗野や虚偽を、自分の周囲に溜めこむようになると思うのです――そして個人はますます激しく、美や純粋さに憧れをもつようになります。幸せは、過去の時代においてのみ可能でした。昔の人間は、いまよりも巨大な力を我がものとし、そこでは万人が豪華で色鮮やかな衣服を身にまとっていたのです。現代では個人はもう、生活の矛盾を解消するだけの力を持ってはおりません。悪や汚れを殲滅するだけの力がないのです。だから人びとを苦しめ、責めさいなむすべての唾棄すべきものから、その目を閉じる権利をどうか彼らから奪わないであげてください。
マーリヤ・リヴォーヴナ　あなたのおっしゃる人間とは、どんな人たちなのかしらね？　たぶんまず第一に、あなたご自身でしょうね。
リューミン　周囲を見渡してごらんなさい。ますます大勢の人たちが、生活がどれほど耐え難く、完全に耐え切れなくなっているかを、いよいよ明瞭に、はっきりと感じ始めています。

マーリヤ・リヴォーヴナ　そしてますます大勢の人たちが、その生活状況を変革する力が自分のなかで成長してゆくのを、感じとっているのです。

ドゥダコーフ　人間の力は年を取るにつれて減退していくものです。あなたも医者なら知っておく必要がありますな。人類全体の状態も、これとまったく同じですよ。

マーリヤ・リヴォーヴナ　自らに課す要求が高ければ高いほど、それだけ一層、個人は力強くなれるでしょう。

スースロフ　我慢のならんおしゃべりだ。（彼は罵倒しながらその場を去る）

バーソフ　より一層の気高い要求ですか。なるほど、結構ですな。しかし、実現可能なものには常に限界が付きものです。進化、とだけぼくは言っておきましょう。進化――人類の発展は果てしなく段階的なものなのです。

ヴァルヴァーラ　よく分からないし……うまく言えないのですが……でも、人間は変わらなければならないと、そう強く感じるのです……すべての人びとに自己の尊厳への意識を目ざめさせる必要があると、わたしは確信しています、そう、すべての人、みんなのなかにです。そうなれば、もうわたしたちは他人を侮辱したり、傷つけたりしなくなるでしょう……このわたしたちですら、お互いを尊敬しあう気持ちは欠如しているわけですからね。(11)

カレーリヤ　それじゃあんたはマーリヤ・リヴォーヴナの陣営につくってことね？　あの満ち足りた全人類という、冷たくて、詩心《しごころ》の感じられない夢を、あんたも偉大で美しいものと思うのね、どうなのよ？

ヴァルヴァーラ　あなたたちはみんな彼女に対して敵対的なご様子ね。一体どうして？

リューミン　それは彼女が先ですよ、彼女のほうから攻撃を仕掛けてきたんです。ぼくは誰かが生活の意味を定義するのを聞いていると、絞め殺されそうな気持ちになる……生活に意味なんてないんだ。それがぼくの感情の総和であって、それ以上でもそれ以下でもありません。要するに、人生なんて無目的で無計画で、偶然なんです。

マーリヤ・リヴォーヴナ　あなたが生きているという、その偶然の事実を、社会的必然性にまで高めるように努力なさい。そうすればあなたの人生も、意味を持つようになるでしょうから。

リューミン　聞いたかい――ほら、また彼女が始めやがった。（その場から離れる）

ドッペルプンクト　彼女の言うことには、力がある。新しくはないが、すがすがしいわい。

カレーリヤ　ああ、まったくもう、またあのお説教だわ。ぜんぶ手垢まみれの決まり文句よ。これ以上、聞くに堪えないわ。[12]

彼女はピアノのもとへ向かい、演奏を始める。オーリガ、ヴァルヴァーラ、マーリヤ・リヴォーヴナだけが後に残される。

オーリガ　（ヴァルヴァーラに向かって）誰かが手厳しい口調で話しているのを聞くと、わたしは背筋がぞっとする。いつもわたし個人が責められているような気になるの……もう家に帰る時間だわ……人生には思いやりが何て少ないんでしょう……ヴァーリヤ、あなたといると素敵だわ。いつも人の心を豊かにする話を聞くことができるから。

ヴァルヴァーラ　もう少しゆっくりしていって、オーリガ。さあこっちへ来て、座って。
オーリガ　ええ、それじゃあ、もう少しだけお邪魔させていただくわ。（彼女はロッキングチェアに腰かける）
マーリヤ・リヴォーヴナ　（ヴァルヴァーラに向かって）言い争いはわたしを荒っぽく、非情にしてしまうわ。ちょっと音楽でも聴きませんか、ヴァーリャ？
バーソフ　（呼ぶ）ヴァーリャ、瓶ビールを持ってくるように言ってくれないか、できたら二本をすぐ頼む。

ヴァルヴァーラは家へ入っていく。

18

クロピールキンとプストバーイカが庭にいる。彼らは野外舞台を設けている。

クロピールキン　お前はもう見たことあるのか？
プストバーイカ　この別荘で見られるもんは、もうみんな見ちまったさ。
クロピールキン　みんな見ちまったってか？　それで、どうだった？　芝居をやるお偉がたの様子は？
プストバーイカ　簡単なこった、みんなでまともじゃねえ格好をして、おかしな声でしゃべってやがるさ。めいめいがちょうど思いついた言葉を口にする。大声を出したり、あちこち駆けまわったり、まるで何かをやったり、腹を立てたりしているみたいなんだ。やつらがやらかすのは全部こういう騙しあいさ。一人が正直者のふりをすれば、もう一人は利口者のふりをする。そうかと思うと、不幸せな者を演じるやつもいる……まあ、そんなとこだ。ふりをするわけだよ。

クロピールキン　なんでだ？

プストバーイカ　他にやることがないからじゃねえかな？　あいつらは満ち足りてんだよ。

19

ヴァルヴァーラがピアノを弾くマーリヤ・リヴォーヴナのそばに立つ。

ヴァルヴァーラ　わたしたちの生活は、なんて奇妙なんでしょう！　来る日も来る日もおしゃべりをして、それだけでおしまいなの。何に対しても意見を持ってはいるけど、いつも新しい思想を受け売りするばかりで、古くなったものは投げだしてしまう。しかも、あっという間にそうするのよ。堅固な意志や、はっきりとした強い憧れが、やっぱりわたしたちには欠けているのだわ。

20

バーソフとシャリーモフが庭で腰かけている。バーソフはチェスの駒を並べている。サーシャがビールを持って登場する。

サーシャ　そんなに慌ててビールを飲んではダメよ、セルゲーイ。

バーソフ　チェスでもやるか、ヤーシカ？

シャリーモフ　悪くないな。

サーシャ　そう勝ちに急ぐことないわ、面白くないでしょ。どっちみち、勝つのはあなたなんだから。

バーソフ　あの婆さんは、ぼくよりもはるかにチェスがうまいんだ。才能なのかな……異常に強いんだぜ。

21

ドッペルプンクトとマーリヤ・リヴォーヴナが庭を散歩している。

ドッペルプンクト　昔は頻繁にこの地方へ遊びに来たもんじゃ。わしの二人目の奥さんはニージニー・ノヴゴロド出身じゃった。[★6] あいつとはとてもうまく行ったもんで、三人目の奥さんもわしはこの地で手に入れましてな。女のことではうまくいった、いつも運が良かった。だがみんな終わってしもうた。今じゃもう誰もおらんし、何もない。わしは一人ぼっちなのじゃ。

彼らはテーブル席に腰かける。

マーリヤ・リヴォーヴナ　どうして工場を売り払ってしまったのです？
ドッペルプンクト　古くなっておったし、わしの機械もスクラップ同然じゃった。そこへ最新設備をもったドイツ人たちが乗りこんで来て、わしのよりもはるかに上等で、値段も安い製品を造りはじめたのじゃ。それでわしの事業もおしまいだと、気付いた。ちょっと考えてから、わしのがらくたの一切合財をドイツ人に売り払うことに決めた。それでもう何も残ってはおらんのじゃ。
マーリヤ・リヴォーヴナ　しかしあなたは、お金持ちじゃないですか！
ドッペルプンクト　そうじゃな、百万ルーブル以上はもっておるし、市内に家も残してある、大きな古い家じゃ。
マーリヤ・リヴォーヴナ　それであなたはこれからどうなさるおつもりですか？
ドッペルプンクト　それが分からんのです。ずっと家に腰かけて、金でも数えてましょうかな？　わしは死ぬほど退屈ですよ。もう耐え切れんですわ。例えば、このみじめな両手――以前のわしなら、この手を気にかけるなんてことはまずなかった。じゃが今頃《わけ》になって突然、二つの余計な道具がわしの体にはぶら下がっておると、気がついた次第です。

22

バーソフとシャリーモフがチェスをしている。

シャリーモフ　あのマーリヤ・リヴォーヴナって女は、いったい何者なんだい？
バーソフ　医者さ。
シャリーモフ　よくきみたちの許へ来るのかい？
バーソフ　いや、そうだな、つまり、ヴァーリャの親友なのさ。彼女ときたらまるで棒みたいに一本調子だからな。家内には、悪影響を及ぼしてると思っているんだ。彼女にいろんな戯言《たわごと》ばかり吹き込むのさ……

ヴァルヴァーラがテラスに姿をあらわす。

おや、ヴァーリャ、そこにいたのかい(13)……
ヴァルヴァーラ　ごらんのとおりよ。
バーソフ　彼女は勇敢なご婦人だと、言うべきだろうな。きみにえらく突っかかっていたじゃないか、ヤーシカ――けれど毎日、こんな目に合ってるわけじゃないんだろ？
シャリーモフ　ほぼ毎日さ、セルゲーイ。ペテルブルク夕刊紙を広げてみさえすればいい。決まっていつもぼくを侮辱するような言葉がそこに書き連ねてあるんだ。もっとも最近では、攻撃すらされなくなってきているけどな……

バーソフ　ああ、作家ってやつは、いろいろと甘受しなければならないものさ。でもその一方で、普通の職に就いてるやつよりも、はるかに情熱的に愛されるのも、また作家ってわけさ。

シャリーモフ　きみはどうやら奥さんのことが煙たいらしいな？

バーソフ　なに？　くだらんことを言うなよ。家内はとってもいいやつさ。

シャリーモフ　だったらどうしてそんなに悲しそうに言うのさ――

バーソフ　なあ――あのスースロフの奥さんなんだけどさ、いっぺん間近かでよく見てみろよ。サイコーの女だぜ！　その彼女がぼくの代理人と仲良くしてるってわけさ……

シャリーモフ　そうなのか？　じゃあ見ておこう。でも、あのマーリヤ・リヴォーヴナのことも考えてしまうと――

バーソフ　ユーリヤはぜんぜん別のタイプさ――ああ……彼女ときたら！　まあ、いまに君にも分かるだろうさ。

23

ヴラースが庭を走ってやって来る。

ヴラース

桃の果実も、パイナップルも、
ぼくらのために自然が恵みはしなかった。
だから、ヴラース、あきらめるのだ、
桃の果実も、パイナップルも。
ヴァーリャ、この詩をどう思う[14]？

ヴァルヴァーラ　やめて――そっとしておいてちょうだい。

ヴラース　どうしたのさ、姉さん？　泣いてるのかい……何があったの？　シャリーモフのせいかい？

ヴァルヴァーラは頭を振る。

あいつの正体は、とんでもない女たらしさ、有名な詩人らしいけどね。今はあそこに腰かけて、ビールを飲んでいやがる。そして、今度はいつリューマチの発作が起きるかと、ビクビクしてるんだ。

ヴァルヴァーラ　わたしは一度、自作の詩を朗読する彼の姿を見たことがあるの。彼が演壇に登場したときの様子を、今もはっきり覚えているわ。とても力強くて、自信に満ちていた。額にはふさふさの巻き毛がかかっていたわ。顔つきは率直で、真剣で、勇敢だった――自分が何を愛し、何を憎んでいるかを知っている、そんな人の顔つきをしていたわ。わたしは彼の姿を見つめながら、こんな人たちもいるのだという喜びで、全身が震えたものよ――もう六、七年も前のことになるわ……

ヴラース　かわいそうなヴァーリャ、今でもまだ彼に夢中なんだね。

ヴァルヴァーラ　わたしは彼をとっても愛してきた。彼の書いたことはすべて信じてきたわ。もう持ちこたえられそうにないとき、平凡な日常がわたしを窒息させそうなとき、わたしは彼の本を繰り返し読んできた。そしていつの日か、彼がわたしの許《ところ》へ現れて、この耐えがたい息苦しさから救い出してくれると、ずっと夢見てきたのよ――

ヴラース　それで？　姉さんは、今は誰のことを待つつもりでいるの？

ヴァルヴァーラ　それが分からない。よく分からないのよ。

ヴラース　そっか、ぼくは姉さんに何か優しい言葉をかけてあげたいんだけど……何にも思い浮かばないや。

ヴァルヴァーラ　わたしをひとりにしてちょうだい、お願い……

24

バーソフとシャリーモフがチェスをしている。

バーソフ　（呼ぶ）ヴァーリャ、ちょっとこっちへ来て座らないか？

ヴァルヴァーラは返事もせずに家のなかへ入っていく。

聞いてくれよ、ヤーシカ――きみにずっと頼みごとがあったんだ――まあ、きみならとっくにお見通しだろうけど、ヴァーリャのやつが、最近少しおかしいんだ。ああ、全世界が今日び、この風潮に病んでいる。これが現代なんだな。吐き気がするよ。いや、ぼくは間違っていない――家内はとってもいいやつだよ、本当に……もしかして家内のために、きみに少しばかり翼を広げてはもらえないだろうか？

シャリーモフ　何の翼だい？　どういうことだ？

バーソフ　つまり――ぼくらの友情に免じて――きみには少しばかりクジャクの役割を演じてもらいたいんだ！　家内は落ち着きのない憧れを抱いている、分かるだろ？　そしてぼくは、それが他ならぬきみに関係があると踏んでいるのさ……

シャリーモフ　ぼくに？

バーソフ　そうなんだ。彼女は昔、きみの朗読会に出たことがある。ぼくはよく知ってるんだが、家内は今でもそのときのきみを夢見ているのさ。

シャリーモフ　いつ頃、ぼくの朗読を聞いたんだい？

バーソフ　十年も前さ。

シャリーモフ　なるほどな。

バーソフ　きみになら家内と少し話をして、励まして、興味を引いてやることができるだろう？　だから、ぼくらの友情に免じてだな――

シャリーモフ　よく分かったよ、セルゲーイ……でも、グロテスクじゃないか？

25

リューミンとカレーリヤが画架《イーゼル》のわきに立っている。

リューミン　あのシャリーモフがこの地にやって来てから、彼女はどれほど生気を取り戻したでしょう。今ではぼくらと話をするとき、彼女は上からしかものを言わないのだから、滑稽ですよ。詩人が一体なんだというんです——彼がもう過去の作家だってのは、有名な話ですよ。たしかに作家連中は、もはや何も思い浮かばず、怠惰になって、絶望しているように見えます。ただ彼女だけが——何も気付いてないのです。
カレーリヤ　あら、あなた……カビの生えた目をして！　あなたこそ何も気付いてないのよ！
リューミン　分かったから、そう声を荒《あら》らげないでください。
カレーリヤ　あなたは彼女の泣きはらした顔を見てないのね？　そもそも他人に対する関心があなたにはないのでしょう……彼女は春を待つように、あの人を待っていたのです、そして彼女の不毛な生活になにか新しい、重要なものをもたらしてくれると期待していたんです……

ヴラースがやって来て、画架《イーゼル》の前でポーズをとる。

ヴラース　抽象画家のカレーリヤ（＝アブストラークツィヤ・ヴァシーリエヴナ）——一度ぼくの肖像

画を描いてみてはどう？

カレーリヤ　分かっているの――あんたはいびつよ！[15]

ヴラース　ええっ？

カレーリヤ　あんたの心はいびつ、そうよ。

ヴラース　それって、ぼくのいかした容姿を台無しにしてないよね？

カレーリヤ　粗野な人間は、障害を持っているようなものね。

ヴラース　きみは格言を増やすためにトレーニングでもしているのかい。

カレーリヤ　「トレーニング」って、うわあ、いやだいやだ。　バカに限って、そういう外国語を使うのよね。

リューミン　頼む、カレーリヤ、少しピアノを弾いてくれないか。もうこんなばかげた話は聞くに堪えない。今は音楽が必要だ。

ヴラース　承知したわ。詩心はきっちり守ってちょうだい！……とくに偽りの感情からね。

カレーリヤ　陳腐な連中はあたしにはあばた面に見えてくるの。そんな人たちは大抵ブロンドね。

ヴラース　ご名答。それにオールドミスはみんな下手くそな詩を書いて、タバコを吸っているけどな。

カレーリヤは画架《イーゼル》をヴラースに投げつけて、ピアノへと向かい、泣き始める。

26

スースロフ、ドッペルプンクト、オーリガが庭でばったり出会う。

ドッペルプンクト　どこへ行くんじゃ、ピョートル？
スースロフ　どこへも行きませんよ。一服しようと思って。
オーリガ　うちの主人に会いませんでしたか、ピョートル・イヴァーノヴィチ？
スースロフ　いや……蒸し暑いですな？
オーリガ　蒸し暑い？　いいえ、そうは思いませんが。
スースロフ　ほとんど息が詰まりそうです。おしゃべり者ややくざ連中とばかり一緒にいるのですから、無理もありませんがね……
オーリガ　どうなさったの？　働きすぎではありませんか？　あなたの両手は震えてますが。
スースロフ　昨晩《ゆうべ》、飲みすぎましてな。よく眠れなかったんです。
オーリガ　どうしてそんなにお飲みになるの？
スースロフ　陽気に生きるためですかね。
ドッペルプンクト　変わり者じゃな、わしの甥っ子は。あそこまで変なやつだとは、露ほども知らなんだ。
ヴァルヴァーラ　（そこへやって来る）どうしてさっきはあんなに急に出て行かれたのです、ピョートル・

イヴァーノヴィチ？

スースロフ　おれは相変わらず大地の上を駆けまわってるんですよ……敬愛するマーリヤ・リヴォーヴナ先生のお話を聞くなんて、もううんざりですからね。

ヴァルヴァーラ　まあ？　興味がないのですか？　わたしは彼女の話を聞くのが大好きですけどね。

スースロフ　それじゃあ、今後ともお楽しみください。（彼はその場を去る）

27

ヴァルヴァーラはオーリガをテラスに連れていく。

オーリガ　あなたと一緒にいられたら一番いいのにね、ヴァーリヤ。帰宅しようとすると決まって、わたしはおそろしいくらいに興奮してしまうの……子供たち――あの子たちの具合がどれほど悪いか、あなたには分からないでしょうね、本当にひどいの。

ヴァルヴァーラ　こっちへ来て座りなさい。紅茶でもどう？

オーリガ　ヴォーリカが病気で、熱があるの……ナージャもひどくぐずってた、たぶんあの子も健康じゃないんだわ――それなのにキリールが町から帰ってくると、ひどく不機嫌なのよ――わたしはもう頭がすっかり混乱してしまって。

ヴァルヴァーラ　まあ、かわいそうに、あなたったら。なにもかもが煩わしいのね。

ヴラース　（庭からやって来る）家族の幸せ……家族の幸せ！

オーリガ　こんな話はもちろん、あなたたちには滑稽に見えるでしょうね、分かるわ。でも子供たち、あの子らのことを考えると、わたしの胸はまるで鐘の音《ね》のように鳴り響くの、子供たち……子供たちって。

ヴァルヴァーラ　ごめんなさい、でもわたしには、あなたの言っていることが少しオーバーに聞こえるわ――

オーリガ　ダメよ、そんなこと言わないで！　あなたには判断できないじゃないの。子供に対する責任が、どれほど胸を締めつける感情か、あなたには分からないくせに……そのうちあの子たちは、人はいかに生きるべきか、わたしに訊ねてくるようになるわ。

ヴラース　どうして今からもう、そんなことを考えるんですか、ママさん？　彼らは訊ねないかもしれませんよ。ひょっとしたらまったくの自力で、いかに生きるべきかを悟るかもしれませんし。

カレーリヤ　ああ、あんたは何も分かっちゃいない、本当に何にもね！

オーリガ　あの子たちはもう訊ねてますわ！　何もかも訊ねてくるんです。そしてこれは、あなたもわたしも、まだ誰も答えたことのない、おそろしい質問なのよ。女性であるとは、ひどくつらいことだわ。昔の生活は今よりもずっと簡単だったと思います。

ヴラース　昔はカマスが食いついてたけど、今日びはウグイすら引っかからない。

ヴァルヴァーラ　おやめなさい、ヴラース！

カレーリヤ　（ピアノに向かって）日は昇り、日は沈む、でも人の心は常に薄暗がりのまま。

オーリガ　何をおっしゃってるの？

カレーリヤ　べつに。ちょっとひとり言を言っただけよ。

オーリガ　どうやらあなたたちまで憂鬱な気分にさせてしまったようね?(16)　まるで夜のふくろうみたいに。でも、どうしようもなかったのよ……わたしはもう静かにしているわ――。なんでそっちの方へ行ったのよ、ヴァーリャ?　あなただって本当はわたしといるのが嫌なんでしょ?

ヴァルヴァーラ　オーリガ!

オーリガ　ときどき自分で自分が嫌になるわ……わたしの心はたぶんもう、とっくにしわだらけなのよ……わたしって、醜い子犬のようじゃない?　よくこんなペットの犬がいるじゃない、意地悪で、誰も愛さず、いつも人に嚙み付こうとする……ユーリヤはまたわたしを笑い者にする気だわ……わたしはあの人が嫌い、田舎なのに派手な格好をする、あのおしゃれで美人の奥さんが。彼女は子供の面倒なんてちっとも見やしないのに、どうしてだか子供たちはいつも元気なのよね、おかしな話だわ……ほら、あなたのリューミンがおかしな風に腕を振りまわしているわ、ご覧なさい!

ヴァルヴァーラ　どうして「わたしの」リューミンなのよ、オーリガ?

28

ザムイスロフとユーリヤがテラスにやって来る。

ヴァルヴァーラ　散歩してらしたのね？
ユーリヤ　そうよ。とっても楽しかったわ。
ザムイスロフ　あの気高いマーリヤ・リヴォーヴナの鼻っ柱を少しくじいてやろうとしましたが、無駄でした。
ユーリヤ　見てちょうだい、オーリガ、あなたのために摘んできた花束よ、とっても可愛らしいでしょう……アネモネの花なの……あたしはこの花が、特別あなたによく似合うと思うわ。
ザムイスロフ　その代償として彼女はぼくに徹底的に厳しい説教をしたのです。「さまざまな社会的および道徳的諸問題の解決に日々尽力するために、神はあなたをこの地上へと遣わせたのです」だとさ。この手の話は、ぼくの頭には入ってこない！　だって逆にぼくが彼女に、こう証明してあげられますからね、生活とは芸術ですって。生活とはすべてを自分の目で見、自分の耳で聞くという芸術なんですよ。食べたり飲んだり――互いに愛し合うすべも――まさに芸術です！
ユーリヤ　あんたがどれだけ陳腐な男か、驚いたわ――
ザムイスロフ　ぜんぶ今この場での思いつきさ[17]。でもこれは、ぼくの固い信念になるだろうって気がするね。生活は意味を持たねばならない。そのためには何事かを成し、企て、無理やりにでも何かをひねり出す必要があるのさ。
ユーリヤ　カレーリヤ、おしゃべりはもうたくさん。さあ、何か弾いて！
ザムイスロフ　明日はピクニックに出かけてはいかがでしょう、女性の皆さん。自然の中へ出かけるのです……いかがです、カレーリヤ？……あなたは美しいものは何でもお好きだと承知していますⅰ……でもそれなのに、どうしてぼくのことは好きになってくれないのですか?

カレーリヤ　あなたはあたしにはうるさすぎ、賑やかすぎるからよ、道化師さん!

ザムイスロフ　そりゃあどうも。だが今はそんなことはどうだっていい。ぼくらがお邪魔したのは、じつはあなたに折り入って頼みごとがあったからです。ぼくらの芝居を上演するにあたって、まだ何かが足りないのです……ぼくらは今晩、ささやかな文学の夕べを催せないかと思って、あなたにご相談に来たのです。

ユーリヤ　自作の詩を朗読してもらえないか、訊ねてみようと思ったの。

ザムイスロフ　いや……待ってくれ……ぼくのイメージでは上演の前に——今度の日曜日に行われる慈善公演のことなんですけど——そこで作品が始まる前に、あなたにはライラックの衣装で舞台に登場してもらって、詩を朗誦《ろうしょう》してほしいのです——きっと新作の詩もお持ちですよね?

カレーリヤ　ええ。

ザムイスロフ　素晴らしい。すぐにリハーサルの準備ができるよう手配しておきます(18)。

カレーリヤ　どうしよう。ぜんぜん準備もしてないし——

ユーリヤ　ねえお願いよ、カレーリヤ、朗読してちょうだい。あなたの物悲しい詩があたしは大好きなの。いらっしゃい、あなたの可愛らしい、きれいなお部屋へ行きましょう。あたしはあのお部屋が好き。この生活芸術家さんの話から、少し息抜きもしたいしね。

ユーリヤ、カレーリヤ、ザムイスロフは家の中へ入っていく。

29

リューミン、マーリヤ・リヴォーヴナ、ドッペルプンクト、ドゥダコーフは庭で議論をしている。

リューミン　あなたは母親として――そのような信念をお持ちなのでしたら！――一体どのように子供たちを教育なさっているのか、ぼくは真剣に知りたいと思っているのですが……

マーリヤ・リヴォーヴナ　どうしてでしょう？　わたしは自分の娘とは仲の好い親友関係にあります。子供に対してはまず、正直でなければなりません。隠し事があってはならず、彼らには常に真実を告げる必要があるのです。

リューミン　真実を告げるだって？　いや、そんなのは実際、危険行為ですよ！　真実とは卑劣で冷酷なものです。そこには自己破壊という名の潜行性の猛毒が隠されています。あなたは子供の前で真実の恐ろしい顔をむき出しにすることによって、たちまち子供を毒してしまうかもしれませんね……！

マーリヤ・リヴォーヴナ　それではあなたは嘘を付くことによって、子供たちを次第に毒する方を選択なさるわけですね？

リューミン　ちょっと勘弁してください！　ぼくはそんなことは言っていませんよ！　これではまるで話にならない。つまりあなたはぼくのことを嘘つきだと、そう言いたいわけですね、マーリヤ・リヴォーヴナ？

マーリヤ・リヴォーヴナ　わたしですか？　いいえ……喚《わめ》きたいのは、分かります……ですがヒステリックな態度では、わたしとの議論にはなりません。

リューミン　ぼくには落ち着いてこの話はできません。重要なことです。絶対にはっきりさせなければ、ぼくの気がすみません。

マーリヤ・リヴォーヴナ　あなたは何かにとてもおびえていらっしゃるようね……口論はもうこれでやめにしましょう。

彼らは別れていく。

30

ヴァルヴァーラが一人でいる。ドッペルプンクトがそこへやって来る。

ドッペルプンクト　あのハンサムなリューミンさんが哲学談義をして、わしをすっかり混乱させおった。かなり高尚な教えにふさわしいほど、わしは頭がよくはない。じゃが、何ひとつ言い返せなんだとはのう。まるでゴキブリがシロップにはまるように、わしは議論のぬかるみにはまり込んでしまったのじゃ。最終的にわしは彼から逃げてきた次第《わけ》ですよ、ええ。あんなやつはくたばってしまうといい。わしはあんたが大好きじゃ……なにしろあんたは、べっぴんさんじゃからのう。

ヴァルヴァーラ　えっ？
ドッペルプンクト　ああ、奥さん、わしはあんたをよく見ておるが、ここでは居心地よく感じておられん、そうじゃろ？
ヴァルヴァーラ　あなたはわたしに何をお望みですか？　わたしのプライベートに首を突っこむ権利を、あなたに差しあげた覚えはありませんが？
ドッペルプンクト　（笑う）およしなさい！　わしはどこにも首を突っこんでなどおらん。あんたがここでは居場所がないのを、わしはよう知っておる――わしとて、ここではよそ者扱いじゃからな。あんたには、何か親しみのこもったことを言ってあげたかったんじゃが。ハッ、どうもうまいことが言えんかったようじゃ。
ヴァルヴァーラ　こちらこそごめんなさい、あなたに粗暴に振る舞うつもりはなかったんですの。でもあんなふうに話しかけられることに、わたしは慣れていなかったのです――
ドッペルプンクト　あんな態度に慣れてらっしゃらないのは、よう分かっております。どうしてあなたに慣れることなどできましょう。ひとつ散歩にでも出かけませんか？　年寄りには親切にするものですよ。

ヴァルヴァーラは家に入ってしまった。ドッペルプンクトは後に残される。

31

バーソフとドゥダコーフが水浴びから戻ってくる。

バーソフ　あのマーリヤ・リヴォーヴナが、ぼくらの詩人の機嫌を相当に損ねたんです。危うく彼は出て行ってしまうところでしたよ……ねえ、彼女は何をあんなに興奮しているんでしょう！　分かりきったことをべらべらと並び立てているだけですよね。例えば、作家は毅然としていなくてはならない、人民の利益に奉仕せねばならないだなんて……ちくしょう、子供だってみんな知ってることですよ！　兵士は勇敢で、弁護士は利口でなければならないのと同《おんな》じことさ——違いますか？

ドゥダコーフ　彼女は弁舌さわやかですし、そう、それに自分の診療所も持っておいでだ、娘は寄宿舎に預けておりますしな[19]……

バーソフ　しかしきみ、あのヤーシカというのも、なかなかのイカサマ師なんですよ。彼は最初の妻を三ヶ月一緒に過ごしただけで、もう見捨ててしまったんです。ところが彼女が死んだ今になって、その遺産を自分のものにしようと躍起になっているわけです。ひどい話じゃありませんか？

32

ドッペルプンクトとスースロフがそこへやって来る。

ドッペルプンクト　おや、バーソフさん――わしと散歩に出かけませんか？
バーソフ　ちょうどいま水浴びから戻ったところです……
ドッペルプンクト　そうですか。水は冷たかったかな？
バーソフ　まあまあでした。
ドッペルプンクト　わしもひと泳ぎしてこようかのう。一緒に来るかい、ピョートルや？　ひょっとしたらわしが溺れて、おまえにはすぐさま遺産が手に入るかもしれんからなあ。
スースロフ　結構です、仕事がありますから。
ドッペルプンクト　わしの金には興味がないと見えるな、え？　年寄りはどっちみち死んでしまうと考えておるのじゃな――もっと愛想よくせねばいかんかな。よし、それでは一人で行くとしよう。（彼は立ち去る）
スースロフ　あのおじはまるっきり共感の持てるタイプじゃない。
バーソフ　まあ、老人にはとくに楽しいこともないさ。
スースロフ　おじは晩年を明らかにおれの許《とこ》で過ごそうっていう魂胆《はら》なんだ。
バーソフ　きみのおじがね？　なるほどな、それできみはどうするつもりなんだい？
スースロフ　クソッ喰らえさ……でも、おじの望みどおりになるんだろうな。（彼は立ち去る）
ドゥダコーフ　ところで――あなたは不思議だとは思いませんか？
バーソフ　何がです？
ドゥダコーフ　つまり、わたしたち人間がお互いに憎しみあわず、ずっと昔から殺しあってもいないことに、驚きを感じはしませんか？

バーソフ　何ですって？　あなたは本気でそんなことを考えてるんですか？
ドゥダコーフ　いたって真剣ですよ。だってわたしたちはまぎれもなく、ひどく荒廃した人間なのですからな。そうは思いませんか？
バーソフ　ええ、そうは思いませんね。ぼくは健康です、いたって正常な人間なんです。申し訳ありませんがね——
ドゥダコーフ　いえ、わたしだってふざけてるわけじゃありません……
バーソフ　それでは聞いてください、ドクター、これだけは言わせてください。つまり医者たるものは、自分で自分を治療なさい。それができれば素晴らしいですな……ちなみにあなたはピストルを所持しておいでですか？
ドゥダコーフ　いえ。なぜです？
バーソフ　聞いてみただけですよ。あなたのような異常な心理状態だと、最悪のケースを想定せねばなりませんからな。
ドゥダコーフ　あなたとまじめな話をするのは、本当に難しいですな。
バーソフ　それでは、どうぞやめてください。

33

バーソフが書き物机に座っている。彼のそばではサーシャが編み物をしている。

サーシャ　あなたがつまらない男だって、ついにお母さまに証明できそうね。もうあなたには何もしてあげません……おしまい！

バーソフ　邪魔しないでくれよ、サーシャ。

サーシャ　旦那さまは心臓が弱いのに水浴びにお出ででした！　氷のように冷たい川で水浴びをなさるんです！

バーソフ　それが一体どうした？　夏真っ盛りじゃないか……

サーシャ　たしかに夏真っ盛り、でも川の水は氷のように冷たいわね。

バーソフ　こっちへ来いよ、もう十分さ、このババアめ。編み物を持ってきて、冬用の温かい服でも作っておくれよ。

34

ユーリヤとザムイスロフが野外舞台にいる。

ユーリヤ　どうして誰も来ないのかしら？　もうリハーサルを始めてもいい時間なのに。

ザムイスロフ　お偉がたはもう飽きたんじゃないかって、心配だよ。

ユーリヤ　飽きたって？　お芝居に？　だってすごく楽しいじゃないの。

ザムイスロフ　確かに。とくに主役をやるとなれば、そうだろうね。きみは他の連中を圧倒するような演技を見せるときがあるけど、分かってるかい——

ユーリヤ　それって、あたしを非難してるわけ？

ザムイスロフ　違うよ、ほめてるのさ、かわいい人だな。ぼくはきみのずば抜けた才能に敬意を表してるんだ。

ユーリヤ　でも誰も一緒に演じてくれなきゃ、せっかくの主役も形無しね……

スースロフがやって来る。

ザムイスロフ　申し訳ありませんが、ちょっとうちの先生に相談したい事がありますので、失礼します――

ユーリヤ　急いでね。誰か見つけたら、連れてきてちょうだい。いいかげんに芝居を始めなきゃならないわ……（スースロフに向かって）ねえ、なんでだか分かる？　誰もリハーサルを見に来てくれないのよ。

スースロフ　おかしい、って言うんだな？

ユーリヤ　そうよ。

スースロフ　ずっとどこにいたんだい、ユーリヤ？

ユーリヤ　あっちだったり、こっちだったり。

35

ヴラースが画架《イーゼル》のそばに座って、自分の顔を描いている。(20) ドッペルプンクトはその様子を見ている。

ドッペルプンクト　わしはお前さんが気に入っとる、ヴラース。
ヴラース　はあっ？
ドッペルプンクト　そう、お前さんが好きだと言っておるのじゃ、本当にな。
ヴラース　それはよかったです——あなたにとってはね。
ドッペルプンクト　しかし、お前さんには嫌なことばかりじゃろうての。
ヴラース　どんなときがです？
ドッペルプンクト　いつもじゃ。
ヴラース　どうしてです？
ドッペルプンクト　だってお前さんは人間がまっすぐじゃからのう。誰だってまっすぐな人間を見ると、曲げることはできんかどうか試してみとうなって、指がむずむずとするものじゃ。
ヴラース　曲げられるか、まっすぐかだなんて、ヴラース的には気の毒な話だね。
ドッペルプンクト　お前さんは一体どんな教育を受けてきたか、聞かせてはくれんかのう？
ヴラース　ぼくは常に、父親がそうだったよりも善良であろうと努めてきました。分かりますか？

でも、それは間違いでした。なぜならぼくの父親は、夢想家だったからです。彼はパイプを愛するようにぼくを愛し、まるで犬のようにぼくを殴りつけました。（彼は小さな鏡を覗き込む）ぼくは、父親がむかし料理人の見習いだったというだけで、料理学校へ行かされました。父親がミサの侍者《じしゃ》をしていただけで、神学校へやられたのです。父親が鉄道会社に勤めたときは、工業学校へ行きました。父親が家畜の餌番だったときは、農業学校へ行ったんです。父親がくず屋を営めば、ぼくは商業学校へ行かされ、父親が木材を扱えば、ぼくは苗木畑へ通わされたというわけです。

36

マーリヤ・リヴォーヴナとヴラースがばったり出会う。

ヴラース　おや、これは親愛なるマーリヤ・リヴォーヴナ……お願いですから、ぼくの頭を少し支えてはくれませんか——ぼく一人ではもう支えきれないのです。
マーリヤ・リヴォーヴナ　あなたって人はどう扱えばいいんでしょうね、ヴラース？
ヴラース　（鏡を覗き込む）そうだね、ヴラース、きみをどう扱えばいいんだろうね？
マーリヤ・リヴォーヴナ　彼はまるでピエロのように自分の顔を塗りたくってるわね。
ヴラース　違うよ、まるで娼婦のように化粧しているのさ！　けっ、嫌だ嫌だ嫌だ！
マーリヤ・リヴォーヴナ　どうして彼、この変わり者は、本当の自分をいつまでも隠そうとするのか、興味があるわ。本当に知りたくなってきた……さあ、話してちょうだい、あなたはどんな風に生きていきたいの？

ヴラース　正しく生きていきたい、正しく！

マーリヤ・リヴォーヴナ　それで、そのためにあなたは何をしているの？

ヴラース　何も。まったく何もしてないです。

マーリヤ・リヴォーヴナ　わたしには分かっています、あなたはきっと六〇歳になってもここに座って、そんなふざけたしかめっ面をしているのでしょうね。

ヴラース　そのとおりさ！　みんなでぼくを見て笑えばいいんだ、破裂しちまうくらいにね……マーリヤ・リヴォーヴナ、ぼくはムカついてます……何もかもが馬鹿らしいんです……ここの連中が、ぼくは好きになれません……あいつらは沼地の蚊よりもちっぽけな存在です。彼らとまじめに話す気になんてなれません……しかめっ面してやりたいほど、ぼくを嫌な気持ちにさせるのはやつらです、そして、ぼくのしかめっ面のほうがあいつらよりも誠実なんです！　ぼくの頭はもう化け物どもでいっぱいですよ……聞いてますか？　ぼくはうめき、叫び、殴りかかってやりたい気持ちです……ぼくはいまに酒にすがるようになるでしょう。ちきしょう、あいつらと一緒にいる限り、ぼくには違う生き方をするなんて無理だ——もう頭がどうにかなりそうだ……あなたがここにいてくれて、ぼくはとてもうれしいのです——

マーリヤ・リヴォーヴナ　あなたが今そんな真面目な思いを打ち明けてくれて、わたしもとってもうれしいですよ——

ユーリヤ、ヴァルヴァーラ、シャリーモフが家の中から出てくる。

ユーリヤ　男女間の葛藤は必然だと思いますか？　男性と女性のあいだに友情は成り立つとお考えですか？
シャリーモフ　またこんな厳しい質問をされるんですね。どうかぼくをいたわってください。過大な要求はやめてください。ぼくは神経をやすめたい。散歩をしたり、女性を口説いたりしたいのです。(21)
ユーリヤ　女性を口説きながら、骨休みしたいですって？　あらまあ、独創的ですわね。それなら、まずはあたしで試してみてはいかがです？
シャリーモフ　そのご親切なお許しを利用するにぼくはやぶさかではありませんよ。
ユーリヤ　あたしは何も許してなどいません。ただあなたの答えが知りたいだけです。
シャリーモフ　さてと、ぼくは哲学者ではありませんが、男女間の友情が可能だとは思っています。ただそれが、永遠に続くものだとは考えていません。自然を欺くことはできないのですからね、ご婦人がた。
ユーリヤ　それではあなたは、男女間の友情はただ恋に落ちる前段階だとお考えなのですね。
シャリーモフ　恋……恋ね。分かりますか、ぼくは恋愛については真剣に考えてるんですよ——。どうしてぼくをそんな不思議な目つきでご覧になるのですか、ヴァルヴァーラ・ミハーイロヴナ？

ヴァルヴァーラ　あなたにはその口ひげがとてもよくお似合いですわ。

シャリーモフ　そう？　それはどうも……ぼくが女性に恋するときは、彼女を常にこの胸に抱《いだ》き、価値のある花のように尽くします。その人をこの地上のいっさいから高めてあげるつもりです――（ヴァルヴァーラに向かって）ぼくの調子があなたには気に入らないようですね？

ヴァルヴァーラ　もしひげがなくても、あなたはとても格好良く見えると思いますわ。

シャリーモフ　ああ、ひげの話なんてもうよしてください！

ザムイスロフ　（通りかかる）ユーリヤ・フィリーポヴナ、いらしてください、さあ早く。

ユーリヤ　すぐにいくわ。それじゃさようなら、お花の栽培師さん。あなたの温室のお花の面倒をちゃんとみてあげてくださいね。

シャリーモフ　今すぐにやりますよ！　魅力的なお人だ。あなたはひょっとして、ぼくの話しぶりに驚いてらっしゃるのですか？

ヴァルヴァーラ　もう驚くことさえできませんわ。

シャリーモフ　お分かりですか、自分の精神世界を人前に曝けだすなんて、誰もがやることではありません。ですが、こういう諺をご存知でしょう。狼とともに生活するなら、狼とともに吠えねばならぬ、ってね。これは、そう悪いものではありませんよ。孤独の切なさを味わった者なら、きっと分かると思います――ですがあなたはまだ、この言葉の真意が分かるところまで達してらっしゃらないようですな。ですからあなたには、この手のタイプは理解できないに決まっています――……いやまあ、これ以上、あなたをお引き止めするつもりはありません。

彼は出ていく。

38

バーソフがヴァルヴァーラのそばに座っている。

バーソフ　きみは一度、弟とじっくり話をしたほうがいいよ、ヴァーリャ。彼はマーリヤ・リヴォーヴナとできてるみたいなんだ。考えてもみろ、――頼むよ、うまくいきっこないさ。彼女は彼より十五歳も年上なんだぜ！　気まずい話さ。
ヴァルヴァーラ　セルゲーイ、やめて……よく聞いて。あなたはきっと誤解しているのよ。何もありゃしないわ。誰にも言いふらしたりはしないでちょうだい。あなたに飲み込んでもらえるかしら？　どうかこのことは黙っていて！
バーソフ　どうしてそういきり立つんだ！　みんなに言ってほしくないなら、いいさ、誰にも話したりなんかしないさ。でも、本当にばかげた話じゃないか……
ヴァルヴァーラ　このことは忘れるって、誓ってちょうだい。
バーソフ　誓えっていうのか……ああ、分かったさ。でもきみは理由を説明できるんだろうな――

ヴァルヴァーラ　説明なんてできないわ。ただわたしはこれが、あなたの考えているようなことじゃないって、分かるの。これはロマンスなんかじゃないわ。

バーソフ　ロマンスじゃないって？　へえ、そうかい。じゃあ一体なんなんだい？……まあ、いいさ。ぼくは黙ってるさ……でも知ってるかい、あのヤーシカ、あいつは本当にとんでもないヤツなんだぜ……

ヴァルヴァーラ　何を言ってるのよ、セルゲーイ？　まだ何かあるの？

バーソフ　きみのその対応の仕方はおかしいよ。一度、神経を見てもらった方がいいね。きみのそういう態度が、ぼくにはたまらなく不愉快なんだ！

避暑に訪れている人びと全員が野外舞台の方へ駆けていく。(22)彼らは上演のリハーサルを行っている。シャリーモフとドッペルプンクトが人びとの様子を眺めている。

39

ザムイスロフがリハーサルを中断する。

ザムイスロフ　カレーリヤが新しい詩を書いたんだ。彼女はぼくらの芝居の上演前に、その詩を朗読してくれるって約束してくれた。

ユーリヤ　みんなで聞いてあげませんか？

全員　賛成。（全員で野外舞台の前に椅子を並べる。彼らは腰かける）
リューミン　朗読してください。ぼくは彼女の心のこもった詩句が大好きなんだ。
ヴァルヴァーラ　本当に新作を書いたの、カレーリヤ？
カレーリヤ　ええ、散文詩よ。退屈かもしれないけど。
ザムイスロフ　お嬢さん、これ以上はもう、ぼくらをじらさないで。（彼はカレーリヤのために舞台の上に椅子を置いてやる。彼女はそれに腰かける）すわり心地はどうだい？
カレーリヤ　どうもありがとう。
ヴラース　皆さん、ご静粛に、これから詩人の朗読会が行われます。
カレーリヤ　朗読を聞きたいなら、まずあんたがお黙んなさい。
ヴラース　ぼくはただ静かにするようにお願いしただけさ。
マーリヤ・リヴォーヴナ　わたしたちはもう黙ります、物音ひとつ立てません。
カレーリヤ　どうも。それでは始めます。この詩は散文で書かれています。そのうちこれに音楽がつけられることでしょう。
シャリーモフ　伴奏つきの朗読ですね。[23]
バーソフ　さあ読んでくれ、妹よ、もういいかげんに始めなさい。
カレーリヤ　ええ、今から朗読するわ……この詩には本来、意味なんてないけど。あたしの言葉はどっちみち、平凡な日常という奈落のように深い沼地にそっと沈んでゆくことでしょう。
ドッペルプンクト　悲観的な詩のようじゃな？

ヴァルヴァーラ　しっ！

カレーリヤ　この詩のタイトルは「孤独な花」です。

氷と雪が、朽ちることなき死の装いとして、山々の頂を永遠に覆う。

そのさらなる高みに広がる空は無限であり、冷ややかな沈黙、英知あふれる無言だけが君臨する。

リューミンがピアノに腰かけて、彼女に伴奏してやる。

山々の麓、大地の狭苦しい渓谷であるこの世界では、命あるものが育ち、たゆみなく活動を続ける。渓谷の疲れ果てたあるじ、人間は苦悩を抱える。

地上のほの暗い洞窟では、うめき声に笑い声、荒れ狂う者らの罵声や、愛し合う者たちの囁き声が聞こえる。地上の生活の陰うつな合唱の調べは多彩である。

しかし山頂の沈黙も、冷淡な星々も、地上の人びとの重苦しいため息を和らげることはない。

氷と雪が、朽ちることなき死の装いとして、山々の頂を永遠に覆う。

そのさらなる高みに広がる空は無限であり、冷ややかな沈黙、英知あふれる無言だけが君臨する。

けれども地上の不幸な生活や、疲れた人びとの苦しみを、まるで誰かに伝えるようにして、不滅の氷の麓に、物悲しくも誇り高く、さびしい山の花エーデルワイスは育ち、花咲く。
その上空では、蒼穹の限りない荒涼さのなかを、生彩を欠いた太陽が押し黙って横切り、物言わぬ月は悲しそうに照らし、星々は震えながらひっそりと輝く。
こうして静寂の冷たいとばりが空から舞い落ち、昼夜を問わず、さびしい山の花エーデルワイスを、その胸の中に包み込む。

シャリーモフ　ブラボー。

リューミン「地上の不幸と疲れた人びとの苦しみについて、まるで誰かに伝えるように……」

ユーリヤ　なんて素敵なんでしょう、とっても清らかだわ……（ザムイスロフに向かって）たったひとりの女性でも、どれほど深い感情を抱くことができるか、これで分かったでしょう……

ザムイスロフ　どうです、皆さん――見事でしたね、素晴らしい。ぼくは彼女が衣装を着て朗読する姿が見たくなりました――あなたはこれを絶対に衣装を着て朗読すべきですよ――純白な衣装がいい！　ちょうどエーデルワイスのように、真っ白で、ふんわりとした衣装がお似合いでしょう、お分かりですか？　そうすれば、本当に素敵で、ぼくらをうっとりとさせるでしょうね！

ヴラース　ぼくもこの詩は気に入った。本当さ。まるで灼熱の真夏日の氷入りフルーツジュースみたいだった。

カレーリヤ　あっちへ行って、もう消えてちょうだい……あんた……あんたなんてユーモア作家だわ！　風刺作家よ！

ヴラース　でもぼくは本気でそう思ったんだよ、正直に言っただけさ。そうぼくに意地悪しないでくれよ。

40

スースロフがユーリヤをわきへ連れていく。(24)

スースロフ　少なくとも、みんなと一緒にいるときは、お前も少しはおとなしくしてくれるようだな。もうみんなでおれのことを笑い者にしてやがる。
ユーリヤ　笑い者にしてるですって？　まあひどい話ね！
スースロフ　決着をつけねばならんようだな――おれはお前を許さんぞ――
ユーリヤ　みんなから笑い者にされる男の妻だなんて、あたし勘弁してほしいな。
スースロフ　口のきき方には気をつけろよ、ユーリヤ。おれがその気になりゃあ……
ユーリヤ　辻馬車の御者みたいに乱暴ができるってわけね。それならとっくに知ってるわよ。
スースロフ　減らず口をたたくな、この浮気女め。
ユーリヤ　このケンカの続きは家でやりましょう、ね？
スースロフ　いつかお前を撃ち殺してやるからな！……
ユーリヤ　それじゃ今日はこれでおしまい――ね？（歌う）
日暮れの太陽は燃え尽きて
深紅の川面に沈んでいった。

蒼穹ははや暮れなずみ、
闇夜がすでに大地を覆う……

41

夕方。(25) バーソフとヴラースが書き物机に座り、仕事をしている。サーシャがランプを持ってくる。

サーシャ　目を悪くしちゃダメよ、セルゲーイ。
バーソフ　分かったから、サーシャ。もう、あっちへ行ってくれ。

暗闇のなか、ヴァルヴァーラが登場する。

ヴァルヴァーラ　ええ。
ヴァーリャ、きみなのかい？
バーソフ　(ヴラースに向かって) これを明日の朝までに書き写さなきゃならない。ちゃんと聞いてるのかい、ヴラース？　これは例のシャリーモフの遺産の次第さ。とんだ食わせ者だよ、あのヤーシカという男は、悪党だね！　自分の最初の妻が死んだとたんにこれだ――ただの二ヶ月しか一緒に暮らさなかったっていうのに、それで彼女を捨てたわけさ……その後で彼は再婚して、また離婚した。さらに三度目の結婚をして云々さ……ああ、なんたる女たらしだ！　ところが最初の妻が死んだ今になって、彼はすぐに身内を探しだし、その遺産を自分のものにしようと訴訟を起こしているわけさ。前例のない詐欺だね、本当にそう言わざるをえないよ。(26)

ヴァルヴァーラ　サーシャ、わたしにランプを持ってきてちょうだい。

ヴラース　そんなことではもう驚きませんよ。あなたの許で働き始めてから、この世界はぼくにとって、陰謀と中傷とペテンとで成り立ってますからね。どんなに慎ましい書記でも、こんな仕事をしている限り、間違いなく人格をダメにするでしょう。

バーソフ　職務は職務さ。きみは自分の仕事をもっと厳格に考える必要があるね、ヴラース君。最近では、きみが事務所にいないと困ることが多いのだから……

ヴラース　本当ですか？　ぼくの留守中に、あなたが退屈してなければよいのですが、お義兄さん。

ヴァルヴァーラのためにサーシャがランプを持ってくる。

バーソフ　それじゃ、きみを頼りにしてるからな。シャリーモフの書類は明日の朝までに全部、書き写しておいてくれよ。

ヴラース　いつでもヴラースにお任せを。では素敵な夕べをお過ごしください。

42

バーソフがヴァルヴァーラの許へやって来る。サーシャは、彼が上着を着るのを手伝ってやる。

バーソフ　ヴァルヴァーラ、まだそこにいるのかい？
ヴァルヴァーラ　ええ。
バーソフ　きみの部屋でも風が吹き込むかい？
ヴァルヴァーラ　ええ。
バーソフ　本当に頭にくる別荘だ。あちこち隙間だらけだし、床はきしむしな。
ヴァルヴァーラ　お茶にしましょうか？
バーソフ　ありがとう。でもぼくは、スースロフと約束があるんだ。
ヴァルヴァーラ　サーシャ、マーリヤ・リヴォーヴナの許《とこ》へ行って、わたしと一緒にお茶してくださるか、聞いてきてちょうだい。

サーシャは出かける。

バーソフ　夏の別荘生活なんて、結局は金ばかりかかって割に合わないと思わないかい？　ぼくらの住む家なんてちっとも快適じゃない。夜になると壁の隙間風がうるさくって、ぜんぜん仕事になりゃしない。しょっちゅう誰かが訪ねてくるし、町まで出なきゃならないときは、ほとんど半日かかってしまう。ここは居心地悪いなって、そうは思わないかい?……ぼくと話したくないんだね、ヴァーリャ? じゃあ――ぼくはもう出かけるよ。

ヴァルヴァーラ　とっても急いでスースロフの許《とこ》ろへ行くのね?

バーソフ　いや……どうした? きみは嫌な顔をするんだね――? また何かまずいことでも言ってしまったかな?

ヴァルヴァーラ　いいえ、セルゲーイ、行ってらっしゃい。

バーソフ　ああ。スースロフとはチェスを一局指す約束をしたのさ……もうどれほど長いあいだきみを抱きしめてないか覚えてないんだ、ヴァーリャ? ときどきぼくはきみにキスしたくなる――それもみんなの前でね!……だってきみはぼくの妻だから……何を考えてるんだい? 何が足りない?

ヴァルヴァーラ　その話は別の機会にしましょう。もっとあなたが暇なときに。それに、それほど重要なことでもないでしょう――違う?

バーソフ　きみはぼくに対してすごく冷たいよね、どうしてだか知らないけど……もう行かなきゃ……教えてくれ、きみは病気じゃないよね? ぼくは真面目に言ってるんだけど?

ヴァルヴァーラ　大丈夫よ。きっと病気じゃないわ。

バーソフ　きみは何かはじめたほうがいいと思う。きみは大変な読書家だからね。でも何事も度が過ぎると、体には毒なんだ。

ヴァルヴァーラ　スースロフさんと赤ワインを召しあがるとき、それを忘れないでちょうだい。

バーソフ　言ってくれるね、ヴァーリャ？……けどワインなんかよりずっと有害な書物がある。それらには麻酔的な効果があるのさ。現代作家なんて大部分は、神経を病んでいる連中さ。ほら、ぼくの妹からしてそうだろ——カレーリヤだって結局は気違いさ、もっとも彼女はまだ何も出版してないけどね。その一方で、シャリーモフのようなやつが、いたって驚くほど正常なのさ。彼は公共的にとても成功を収めているけどね。あいつはおとなしいし、謙虚だ。ぼくの好みとしては、ちょっとおとなしすぎるけどね……そうじゃないか？……カレーリヤがシャリーモフと結婚するってのはどうだい……そうなればいいんだけど！　彼女もだんだん年をとってきて、美貌もこれからは衰えてゆく一方だからな(27)……

ヴァルヴァーラ　くだらないおしゃべりばかりして、セルゲーイ！

バーソフ　そうかい？　まあ、どうでもいいさ。どうせ二人きりなんだし。ぼくはちょっと、おしゃべり好きかもしれないな。（彼は出ていく）

43

ヴァルヴァーラは起き上がり、ヴラースの許へ行く。

ヴラース　無理だ。ぼくにはできっこない。どんなに頑張ったってダメだ。奥さま——あなたに悲しいご報告をせねばなりません。一生懸命に努めてはおりますが、あなたのご主人さまに指定された期日までに、私《わたくし》めに課せられたこの不愉快な義務を遂行いたしますのは、残念ながら完全に難しいように思われます……ちぇっ！

ヴァルヴァーラ　後であんたを手伝ってあげるわ。どうしていつもそんなにすぐ疲れてしまうのよ？

ヴラース　すぐだって？　ぼくは一日中働いていたんだ、十時から三時までは法廷に座っていたし……そのあと三時から七時までは市内を駆けまわっていたんだ……

ヴァルヴァーラ　七年間も弁護士の書記を務めるなんて――あんたにふさわしい仕事じゃないわ、ヴラース[28]。

ヴラース　もっと高きを目指して頑張れ、って言いたいんだね？　それじゃあ、教会の尖塔を飾る仕事はどうかな？　それとも、もっと上を目指して、気球のウェイターでもやろうかな！

ヴァルヴァーラ　ふざけないで。どうして別な仕事を探そうとしないのよ？　もっと有益で、意義のある仕事を。

ヴラース　申し開きをお許しください、奥さま！　結局のところ私めも、間接的にではありますが、一層の注意を払いながら、国家秩序のうちでもっとも神聖な私有財産制度の保護と警備にあたっているわけですよ。それをあなたは無益な活動だと、そうおっしゃるのですね。なんてひどいお考えなのでしょうか！

ヴァルヴァーラ　ときどきわたしはまったく不意に、自分が牢獄に囚われているような気持ちになるの。四方一面は壁に囲まれて、誰もわたしの言うことを聞いてないし、わたしを理解してもくれない。もう窒息してしまいそう[29]……ここではみんな不真面目で、だらしなく生きている……あんただってそうよ、ヴラース。

ヴラース　姉さん、それは不当な要求だよ。あんたの旦那の幸せのために、こっちは一日中あくせくと働いてんだからね。夕方ぐらいは少し陽気に過ごしたっていいじゃないか。
ヴァルヴァーラ　わたしは出ていきたい――どこか遠くへ、今とは別な生き方をして、違った言葉で話して、何か有益で、理性的な仕事ができるところへ行きたいのよ、分かる？
ヴラース　ああ、よく分かるよ。でもあんたはどうせ、どこへも行きはしないよ、ヴァーリャ。
ヴァルヴァーラ　でもひょっとしたら、出て行くかもしれないわ、ひょっとしたらね……

カレーリヤが外からテラスへ入ってくる。

カレーリヤ　なんて素晴らしい夜でしょう。月はやさしく、その影は色濃く、温かい。昼は決して夜ほどに美しくはありえない。
ヴラース　夜――夜ね――ああ。
カレーリヤ　誰もあたしを訪ねてこなかったの？
ヴラース　誰もなんて人はいないから、訪ねてくるわけがない。誰もなんて人はいないから、存在するはずもない。
カレーリヤ　さっきばったりリューミンに会ったわ。彼は下の川辺に座って、水面《みなも》をめがけて石を投げつけていた。彼はあんたのことをいろいろと話していたわ。
ヴァルヴァーラ　どんなことを言ってたのかしら？（カレーリヤの方へ行く）
カレーリヤ　知ってるくせに……
ヴァルヴァーラ　とても悲しい話だわ。

カレーリヤ　彼にとって？
ヴァルヴァーラ　不器用な人なのよ。彼はいつだって間違いをやらかすの。
カレーリヤ　でも以前はあんたたち、もっと仲良しだったんじゃないの？
ヴァルヴァーラ　そうね。状況が変わってしまったの……あんたはわたしを非難したいわけね？
カレーリヤ　いいえ、そうじゃないわ、ヴァーリャ、とんでもない！
ヴァルヴァーラ　最初わたしは、彼の悲しい気持ちを追い払ってあげようとしたの……実際わたしはいろいろと面倒をみてあげた……でもその後で、それがどういう結果になるか、気付いたのよ……そのときに彼は離れてしまった。
カレーリヤ　気持ちを伝え合うことはなかったのね？
ヴァルヴァーラ　なかったわ。
カレーリヤ　彼の愛はきっと、握手のようなものね。弱々しくて、穏やか。情熱がなかった。でも情熱のない愛なんて、女性にとっては侮辱よね。（彼女はピアノに向かい、演奏する）あんたは、彼の心が屈折してるとは思ってないの？
ヴァルヴァーラ　思ってないわ。そんなの気付きもしなかった……きっと、あんたの思い違いよ。

44

サーシャがヴァルヴァーラの許へやって来る。

サーシャ　マーリヤ・リヴォーヴナのところへ行ってきました。彼女はすぐにいらっしゃるそうです。サモワールの準備をしましょうか？
ヴァルヴァーラ　ええ、お願い、すぐに。

サーシャは出ていく。

45

プストバーイカとクロピールキンが庭を横切る。彼らは呼び子笛と拍子木を手に注意を呼びかける。

プストバーイカ　おいらたち早く来すぎたな。お偉がたはまだ起きてるぞ。
クロピールキン　確かに早すぎたようだな、おれもそう思う、まだ誰も寝てやしねえ。それで、これからどうすんだ？
プストバーイカ　おいらがこっちを回るから、お前は向こうの方を見てこい。
クロピールキン　なんでだ？　見回りにはまだ早すぎんじゃねえのか。
プストバーイカ　ちゃんと仕事してるって見せつけてやるためさ。ふりだけやんだよ。その後で、サーシャんとこの台所でおちあって、一杯やるとしようや。

46

オーリガが急にやって来る。

オーリガ　こんばんは、カレーリヤ。あら、やめないで、そのまま演奏を続けて――だって握手なんて必要ないでしょ。こんばんは、ヴラース。
ヴラース　こんばんは。
オーリガ　外は気味が悪いわ。なんだか森のなかに誰かが隠れてるみたいなの。別荘番たちが呼び子を吹いてるけど、ひどく大袈裟なのよ。何で呼び子を吹いてるのかしら？
ヴラース　ふむ、そいつは怪しいな。たぶんぼくらに出て行けって、野次ってるんじゃないかな。
オーリガ　（腰を下ろす）キリールがわたしの許から逃げだしたわ、子供たちからもよ。あの人が働きづめで、休息が必要なことくらいは分かってる。ええ。でもわたしだって疲れてるのよ！

カレーリヤは出ていく。

何をやってもダメなの。わたしはやることなすことすべて失敗してしまう。それがわたしをイラつかせるわけ。ああいやだ、ヴァーリャ、いったい何がどうなってしまったの？わたしだって昔は陽気で、元気で、希望を持っていたわ……その力のすべてをわたしは彼に捧げたの……そのことを彼にもはっきりと分かってほしいのよ……

ヴァルヴァーラ　でも、あなた——くよくよしていても始まらないでしょ？

オーリガ　よく分からないわ、でもたぶんそうね。わたしは子供たちを連れて旅に出ることにしたって、彼に言うつもりなの。

ヴァルヴァーラ　そう、そうしなさいよ。あなたたちはお互いに距離をとって休息する必要があると思うの、キリールとあなた。旅に出るといいわ、子供たちを連れて海辺へ行ってきなさい。お金ならわたしが面倒をみてあげる。

オーリガ　あなたにはどれだけ借りがあるでしょうね。

ヴァルヴァーラ　そんなつまらないこと言わないで、オーリガ。

オーリガ　あなたの世話にならなければ生きていけない自分が恥ずかしいわ。自分で自分を軽蔑しているのよ。あなたからお金を——あなたのご主人のお金を借りるのが、わたしにはなんでもないことだとでも思っているの？　いつも誰かに支えられて、一生涯役立たずだとすれば、自分に誇りを持てないでしょうね……もしも子供たちがいなければ、わたしはとっくに死んでいたかもしれないわ。おかしな話だけど、ときどきわたしはあなたに対しても憎しみを感じるのよ——ええ、あなたに対してね。だってあなたはいつも冷静沈着で、優等生ぶった態度をして……あなたは冷たい人よ、どうせ何も感じはしないんでしょう。

ヴァルヴァーラ　ちょっと……なに言いだすの？　自分の気持ちを抑えずに、そんな言葉を口にしてしまってはいけない……わたしたちの友情に一気にヒビが入ってしまうじゃないの、ねえ。

オーリガ　そんなことどうだっていいわ！　友情にヒビが入ったって構やしない！　この苦しみから

とにかく抜け出したい。わたしは生きたいのよ。わたしはあなたより劣ってなんかいない。わたしは馬鹿じゃないわ――なんでも知ってるのよ。そう、あなたは快適な生活を送っている。あなたのご主人はお金持ちだわ、でも彼は仕事において潔白じゃないわね、誰もが知ってることだわ。あなただって本当は分かってるんでしょう……それにあなただってそうよ、あなたは子供ができないようにうまくやってるんでしょう――

ヴァルヴァーラ　わたしがうまくやってるですって？　どういうことか、説明してちょうだい！

オーリガ　特別な意味なんてないわ。ただこう言いたかっただけ……わたしの主人が言ったのよ、女性の多くは子供を欲しがらないって。

ヴァルヴァーラ　あなたがどれだけつらい生活を送っているか、知らなければよかったわ！　昔ふたりでより良い生活を夢見たわね、あんなの忘れてしまえたらいいのに……ひどいことしてくれたわね。わたしを傷付けようとしたの？

オーリガ　そんな言い方しないで。ごめん、ヴァーリャ、許してちょうだい。

ヴァルヴァーラ　ダメよ。今さらもうなに言っても遅いわ[30]。

オーリガ　絶交ね、ヴァーリャ？　絶交する気なのね？

ヴァルヴァーラ　黙っていて。どうしてあなたがこんな目に合わせるか、わたしには分からないの。

マーリヤ・リヴォーヴナが外からやって来る。

マーリヤ・リヴォーヴナ　こんばんは。こんばんは、オーリガ。子供たちはどうしてますか？　ヴォーリカはまだ病気なの？
オーリガ　わたしは行ったほうがいいわね、ヴァーリャ？
ヴァルヴァーラ　ええ。

オーリガは出ていく。

マーリヤ・リヴォーヴナ　あなたの気分が優れないようだと、ご主人が言ってらしたわ。一体どこが悪いのですか？
ヴァルヴァーラ　あなたが来てくださって、うれしいわ。わたしは完全に健康です。
マーリヤ・リヴォーヴナ　まあ、よかった――
ヴァルヴァーラ　いや、ダメ、ダメなのよ――なにもかもをそう簡単に我慢していてはいけないわ。
マーリヤ・リヴォーヴナ　何の話をしているの？
ヴァルヴァーラ　ごめんなさい、ちょっと考えごとを――
マーリヤ・リヴォーヴナ　オーリガと喧嘩したのね？
ヴァルヴァーラ　彼女は家庭のことでひどく手を焼いているのよ。わたしは彼女とお付き合いするのがますます難しくなってきたわ。
マーリヤ・リヴォーヴナ　あなたの弟さんにもご挨拶したいの。(31)
ヴァルヴァーラ　そう、喜ぶと思います。
マーリヤ・リヴォーヴナ　本当にお邪魔してもいいのかしら？　彼はとても忙しそうに見えるけど。

ヴァルヴァーラ　弟は一晩中、バーソフのために写しをとらなきゃいけないの。ずっと書き続けてますわ、でも頭では、こんな無意味な仕事に意義を見出せないでいる。彼のことが好きですか？

マーリヤ・リヴォーヴナ　ええ…そうね。いえ、好きですわ、ちょっとだけ。ときどき彼は、びっくりするほど滑稽なんです。

ヴァルヴァーラ　ああ、ひどい話ね、本当に。でもそれは、きっと変えることができます。分かるわ。彼には自信がないの。彼にものを教えてくれる人はいつもいたけど、心から彼を愛してくれる人が一人もいなかったのよ。

カレーリヤが登場する。彼女はピアノに向かい、演奏する。

マーリヤ・リヴォーヴナ　彼にこんばんはを言ってくるわね、ヴァーリャ。

ヴァルヴァーラはピアノに向かう。マーリヤ・リヴォーヴナはヴラースの許へ行き、彼の上に身をかがめる。ヴラースはマーリヤ・リヴォーヴナにキスする。外ではシャリーモフが庭を横切っていく。ヴァルヴァーラがマーリヤ・リヴォーヴナとヴラースのそばに腰かける。シャリーモフはテラスに姿をあらわす。

47

ユーリヤ、ヴァルヴァーラ、カレーリヤがピクニックのかごを持って絨毯の上に座っている。ワインのボトルやグラスが置いてある。彼女たちは歌っている。(32)

カレーリヤ　家を出るときはいつも、何か不確かな希望があたしを突き動かすの。でも家に帰るときにはもう、その希望はぜんぶ消えてしまっている……あたしが何を言っているか、きっとあなたたちには分からないでしょうね――

ユーリヤ　あたしが笑いたい気分だとでも思ってるの？　まずは一杯お酒を飲んで、それでもうブルーになっちゃうの……何か気違いじみたことでもやらかしたいわ……

カレーリヤ　すべてが錯綜してて……不透明で……あたしを不安にさせるの。

ヴァルヴァーラ　なにが不安にさせるですって？

カレーリヤ　なにもかもよ……ここの連中は信用できないし……

ヴァルヴァーラ　信用できない……ええ、そうね……あんたの言ってること、分かるわ。
カレーリヤ　いいえ、あんたに分かりっこない。だって、あたしもあんたのことは分からないもの。だれも他人を理解できないの。あたしたちはみんな、勝手気ままにしゃべっているだけ。
ユーリヤ　ねえ、一緒に歌でも歌いましょうよ。
カレーリヤ　あたしになかに悪意が芽生えている――悪意の薄汚れた雲があたしの心を包んでゆく。あたしは誰も愛してないし、愛そうとも思わない……
ヴァルヴァーラ　やめてちょうだい、わたしには悲しすぎる。
ユーリヤ　あたしがあんたの立場だったら、リューミンと結婚するでしょうね。彼はちょっとねちっこいけど、それでもまだ……
カレーリヤ　ゴムみたいな奴よね。

48

シャリーモフとバーソフがクロッケーをしている。★7

バーソフ　ところで、もうずいぶん長いあいだ何も出版してないじゃないか、ヤーシカ、大作でも書いているのかい？
シャリーモフ　正直言って、何も書いてないんだ。何も理解できてないのに、いったい何が書けるっていうんだ？　人びとはとても複雑だし、見極めがたくなっている。描写するなんてほとんど不可能さ。

バーソフ　だったら、そう書けばいいじゃないか！　もう何も理解できなくなったって、書けよ。作家にとって肝心なのは、誠実であることさ。それだけが問題なんだ。

シャリーモフ　もし本当にぼくが誠実なら、たぶんなしうることはひとつだけ、筆を折って、田舎へ引っ越し、キャベツでも栽培するさ。だけど――ぼくも食っていきたいし、そのためには書かなきゃならん。だが――いったい誰に向けて書けばいい？　それが分からないんだ……読者をはっきりと想定する必要があるんだが、彼らはどんな格好をしてる？　どんなタイプの人間なのだ？　つい五年ほど前までは、ぼくは自分の読者を知っているし、彼らがぼくから何を望んでいるか分かってる、という自信があった……それが突然に、自分でも気付かないうちに、彼らを失ってしまった……そう、見失ってしまったんだ。

バーソフ　読者を見失ったって、そりゃ一体どういうことだい？　ぼくや――ぼくら――つまり、この国のインテリ連中は――みんな、きみの作品を読んでるじゃないか。どうもよく分からないな。どうしてぼくらを見失うことになったんだい？

シャリーモフ　もちろん――インテリゲンチャはいるさ……彼らのことを言ってるんじゃない。でもほら、今では例の新しい読者って奴らがいるだろう。そこかしこで「新しい読者」が生まれたって言われている……彼らはいったい何者なんだ？

バーソフ　ぼくには分からんよ。

シャリーモフ　ぼくだって分からないさ。でも感じるんだよ……ぼくが通りを歩いていると、まったく特別な顔つき――そして目つきをした人たちと出会う。ぼくは彼らを一目見ると分かるんだ——この連中はぼくの作品を読みはしないだろうって。彼らはそれに興味がないだろうって。彼らはそう——ラテン語と同じくらい、ぼくを必要としてはいないのさ。ぼくは彼らにとって年を取りすぎているんだ——それに、ぼくも彼らのことを理解できない。彼らは誰が好きなのか？　そして何を必要としているのか？

バーソフ　ふむ——それは興味深いな。でもぼくが思うに、きみはまずしばらくのあいだ、ゆっくり休息をとって、リラックスしたほうがいい。そうすればきみの読者もきっと見つかるはずさ。人生で大切なのは休養と平静さを保つことさ——ぼくはそう考えてるんだ！

彼らは大きなピクニック場へ向かう。

49

ヴァルヴァーラ、ユーリヤ、カレーリヤがピクニック絨毯の上に寝そべって、歌を歌っている。

ヴァルヴァーラ　わたしが小さかった頃、学校から帰るとお母さんの洗濯屋へ行って、洗濯婦たちの仕事を見てた。彼女らは灰色のむっとする蒸気のなかに半ば裸で立って、とても低い声で疲れたように歌っていたわ……あの女性《ひと》たちはわたしをとても可愛がってくれた……どうしてそのことをいま突然思い出したのか、ちっとも分からないけど(33)——

カレーリヤ　ああもう、とってもセンチメンタルで、退屈だわ。そんな「質素な人びと」の話なんて

ユーリヤ　……

ヴァルヴァーラ　ねえみんな、あたしたちの生活って恥さらしなものよね！

カレーリヤ　ええ、恥さらしだわ、本当にそう。わたしのお母さんは生涯、働いていたわ。彼女はなんて善良な女性だったでしょう。彼女の人生には、わたしなんかよりずっと意味があったと思う。わたしは自分の生活について何も分かっていない、何も。なんだか偽りの人びとのあいだにまぎれ込んでしまったみたいよ。「文明人」だとわたしたちは自称してるけど、長く生きれば生きるだけ、自分たちのやっていることが一層なじみのない、馬鹿げたものに思えてくる。わたしたちには辛抱強くやるってことがない。建設的な仕事は何ひとつせず、すべてはにわか仕込みのやっつけ仕事。心なく、見栄っ張りで、まるで見世物小屋の道化役者みたいなものね。

ヴァルヴァーラ　どうしてあんたは旦那と別れようとしないのよ？　あれは本当に下品で、低俗な男よ。あいつになに期待してんの？　あんなやつ捨てて、どこへでも行くといいわ。何かを学ぶよう心がけなさい。そして恋をするといいわ。さあ、とにかく出ていきなさい！

カレーリヤ　ひどいこと言うのね！

ヴァルヴァーラ　あんたならどこでも暮らしていけるわ。汚いものが嫌いじゃないし、洗濯女が好きなんですものね。

ユーリヤ　あなたはお兄様のことをずいぶんと引き立ててお話になるのね。

カレーリヤ　お望みなら、あなたのご主人のことも感じよく言ってあげましょうか？

ユーリヤ　どうぞご遠慮なく！　たぶんそれで気を悪くしたりはしないから。あたしは自分でもしょっちゅう、彼にやさしい言葉をかけてあげるの。そうすると、彼のほうでもたくさん言い返してくれるわ。ついさっきも彼はあたしに向かって、この「汚らわしいメス豚が」って言葉をかけてくれたわね。

ヴァルヴァーラ　それで？　あなたはどうしたのよ？

ユーリヤ　とくに反論はしなかったわ。だって「メス豚」って何のことだか、分からないもの。でも、そんな経験をしてみたいと思う、たちの悪い欲求があたしにはあるの。分かるわよね、夫のせいであたしはこうなった——あの人が男性に対する興味をあたしの心に目醒めさせたの。すごく強烈な好奇心……

カレーリヤ　うわああ！　感情のカスね。そんなのは動物にだってないわ。

ユーリヤ　彼はあたしを傷つけた、だからあたしも彼を傷つけてやらなくちゃ気がすまないの。この気持ちからは逃れられないわ。ギムナジウムの六年生の時にはもう先生がたが、あたしが恥ずかしくて真っ赤になるくらい、欲望の眼差しであたしのことを見てたの。そのとき彼らは、まるで食いしん坊が高級食料品店の前でそうするように、満ち足りてニヤニヤとほくそ笑んでいたものだわ。

　　リューミンが慌ただしくヴァルヴァーラの許へやって来る。

リューミン　少しお話してもよろしいかな、ヴァルヴァーラ・ミハーイロヴナ？　そう長くはおひきとめしませんから。

ヴァルヴァーラ　いったいどんなご用でしょうか、パーヴェル・セルゲーエヴィチさん？
リューミン　すぐに……今すぐにあなたにお話しますから。
ヴァルヴァーラ　どうしてそう勿体ぶってらっしゃるの？
リューミン　ぼくはあなたに言わなければならないことがあるんです。

ヴァルヴァーラとリューミンは立ち去る。

ユーリヤ　彼女はまだあいつと続いてたのね？　もうとっくに終わったものだと思っていたわ。
カレーリヤ　リューミン、嫌なやつ、ナメクジ野郎だわ、ご覧なさい――あいつが通った草むらには、あちこちに粘液が残っているから。
ユーリヤ　ヴァーリャはあたしたちとは違っているわ。なんて射貫くような鋭い眼差しで彼女はみんなを見るのかしら。いったい何を探り出す気なの？　あたしは彼女が大好きだけど、ちょっと怖い気もする。彼女は純粋で、厳格なひとだわ……

50

リューミンとヴァルヴァーラが森のなかにいる。

リューミン　ぼくは……ちょっと待ってください！……ぼくは――ぼくらはもうずいぶん前からの知

り合いですよね。(34)

ヴァルヴァーラ　四年になるかしら？　ええ、もう長いわよね……

リューミン　四年ですからね――四年、はい。

ヴァルヴァーラ　それで？

リューミン　分かるでしょう、ぼくは今すごく緊張してます……だから、その言葉を口にする決心がつかないのです……あなたが察してくだされば、うれしい……ぼくの言いたいこと、分かりますよね？

ヴァルヴァーラ　察してほしいって、何をですか？

リューミン　じゃあ遠慮なく言わせてもらいます……もうずっと前からぼくがあなたに言いたかったことですよ――ほら、もうこれで分かったでしょう？

ヴァルヴァーラ　いいえ……なんて素敵な、暖かな日かしらね！

リューミン　ええ。ぼくは一生涯、あなたのことを愛してきたような気がします。初めてあなたにお会いする前から――もうずっとあなただけを愛してきました。あなたは、ひとが生涯をかけて探しても、決して見つけることはない奇跡の理想像なのです。でもぼくはあなたを見つけましたよ。あなたにめぐり合えたのです。

ヴァルヴァーラ　パーヴェル・セルゲーエヴィチ、お互いにその話はやめましょう。すべてが余計にややこしくなります……わたしはあなたを愛していません、ごめんなさい、愛してないんです。

リューミン　いやだ！……あなたにはぼくの告白を聞く義務があります――

ヴァルヴァーラ　お願い、もうやめて！

リューミン　分かったよ……もう言わない……それで？　ぼくはどうすりゃいいんだ？　これですべてが終わってしまった。おしまいさ。あっという間だったな！　ぼくはずいぶんと長いあいだ、あなたにどう告白しようかともがいて、漫然と日々を過ごしてきた……そう、そして今、あなたに打ち明けたのです。

ヴァルヴァーラ　でもこの結末は、あなたにだって予感できていたはずです……

リューミン　ええ、もちろん、ですが希望はありました！　お分かりですか？　とても力強い希望でした。ぼくの言うことを信じてください、ぼくは自分の未来を、今この瞬間にかけていたのです。すべての望みをあなたに、あなたのぼくとの関係のなかに、繋いでいたわけですよ。そして今——ぼくにはもう未来が遺されてないわけです。

ヴァルヴァーラ　そんな風に言わないでちょうだい。どうかつらくあたらないで。わたしに罪はないのですから……

リューミン　あなたはどれだけぼくを苦しめるのでしょう！……ぼくの心には、果たせなかった巨大な約束事が、いま重くのしかかっています。青春時代にぼくは、自分にとって善良で立派だと思われるすべてのことのために一生涯、戦い続けるとそう誓いました。ですが、人生の最良の時期が過ぎた今になってみると、ぼくは何もしてこなかった、まったく何ひとつ。最初のうちはぼくも計画を立て、待機し、すべてを周到に用意していたものです。ところが、自分でも気づかないうちに日々を平穏に過ごすことに慣れ、やがてはその平穏を気遣い、そう大切にするようになったんです……ぼくがどれほど誠実な人間か、あなたも感じてくださるでしょう?
ヴァルヴァーラ　でもわたしが――あなたのためにいったい何をしてあげられますか?
リューミン　あなたはきっとぼくの支えになってくれます。
ヴァルヴァーラ　そんなこと、わたしにはできません。

51

オーリガとドゥダコーフが茂みの裏で寝そべっている。

ドゥダコーフ　もちろんわたしたちはなんでも間違いをおかす。だがやがて、幾度となく、こうした和解のときを迎える。わたしたちは働きづくめで、疲れきってしまい、お互いに対する尊敬の念を失ってしまったのだ。そうだとも、どうしておまえにわたしを尊敬などできよう、このわたしを?
オーリガ　キリール、最愛のひと――わたしの愛する、愚かなキリール、あなたには平穏が必要なのよ。(35)わたしはあなたをちゃんと愛しているし――尊敬もしているわよ!
ドゥダコーフ　わたしはもうヘトヘトだ――好きにやりたい、些事《さじ》にかかずらってばかりで、すぐに逆上してしまうんだ……
オーリガ　もう来て――あなた、さあ――分かったから……ええ。愛してますから――
ドゥダコーフ　だけどおまえのヒステリーがぜんぶダメにしてるんだからな。

オーリガ　でもわたしには、あなた以外には誰もいないわ。あなたと子供たちだけよ。
ドゥダコーフ　子供たちか――そうだな。かつてわたしたちが思い描いていたのは、こんな生活だったかな、オーリガ？　果たしてこれを夢見ていただろうか？　このままでいいのかな？
オーリガ　でもそれじゃ、一体どうすればいいのよ？
ドゥダコーフ　そう、どうすればいいのかな？　どうすれば？

52

ユーリヤとザムイスロフが森のなかでばったり出会う。

ザムイスロフ　ぼくらはもう少し用心深くやる必要がある、そうは思わないかい？
ユーリヤ　不安になったんでしょ？
ザムイスロフ　不安――ぼくがかい？　ぼくはこれまで欠乏と屈辱に満ちた人生を送ってきた。それが今では、いくぶんマシになった、ぼくがぼく自身の主人ってわけさ。それなのに、きみの主人とマジで面倒になると、ぼくの今の立場は危なくなってしまう……
ユーリヤ　今日のあなたってやけに恭《うやうや》しいのね、愛しいひと。(36)（彼らはオーリガとドゥダコーフの二人に気づく）なんて荘厳で、感動的なのかしら……！　結婚して何年も経っているのに、愛すべき夫婦だわ。わたしも教訓として見習わなくっちゃね。
ザムイスロフ　やつらこれから五人目の子供をつくる気だぜ――いや、もう六人目かもしれないな？

ユーリヤ　きみもうまく元の鞘におさまるんじゃないかと心配だよ、かわいいひと。
ザムイスロフ　それは誰にも分からないわね。あたし心の奥底では、道徳的な性格よ。あの二人が仲睦まじく寄り添っているのを見ちゃうと、あたしもそろそろ美徳の道へ戻るべきじゃないかって、自問しちゃうわ……
ユーリヤ　もうおしまいだって？　きみは自分の悪徳の程度を大げさに考えすぎているよ。かなり控えめなほうだと思うけど――今のところはね。
ザムイスロフ　あら、ここでは誘惑者の声がするわね――よし、分かった。この別荘生活の夏のロマンスが自然におしまいになるまで待つことにするわ、あたしたちの情熱の猛暑のなかでロマンスなんて溶けてなくなってしまえばいい……

53

マーリヤ・リヴォーヴナがハンモックに寝そべっている。ヴラースが彼女の許へやって来る。(37)

ヴラース　悲しいのですね？
マーリヤ・リヴォーヴナ　いいえ、そうじゃないわ。少し疲れているだけよ。
ヴラース　疲れている？　だるい？　誰かを恋していたら、あくびなんてしませんよ！
マーリヤ・リヴォーヴナ　あくびはしてないでしょう。
ヴラース　でもきっと、あなたは恋もしていない、絶対にそうだ。誰かを恋する……誰かを好きになる……

マーリヤ・リヴォーヴナ　ヴラース、そんなのは今ここでわたしとする話じゃないわね……（ヴラースは彼女にキスする）ダメ……やめなさい！……お願いです……わたしには無理ですわ、さあ立って！

ヴラース　なぜです？　どうしてあなたは突然こうも冷たくなるんですか？

マーリヤ・リヴォーヴナ　冷たいのではありません。わたしは無防備で、弱いのです……あなたは軽率ですよ、ヴラース。愚かしい若者だわ。

ヴラース　なんで？……いやだ！……あなたのことが分からない……ぼくは出て行きたい。あなたと一緒にここを立ち去りたいんだ、ここの酒びたりのカエルどもや、ぼくの胸クソ悪いしかめっ面の冗談からは、もうおさらばしたいんです——でもぼくはもうずっと、あなたとは真剣に向き合ってきました……ぼくの言いたいことが、ぜんぜん分かりませんでしたか？

マーリヤ・リヴォーヴナ　あなたはここを出て行くべきです！　そして別な生活があることを知りなさい。あなたならこの国で、たくさんの重要なことがやれるはずです、そしてその仕事をわたしも支えてあげましょう。ですがあなたは、他の誰かに依存してはなりません。誰からも、そうこのわたしからも独立なさい。あなたは自分で意思を持って、自分で決断を下さなければなりません。

ヴラース　ちょっと！　黙っていて！……ぼくはあなたを愛してるんです。卒業式の式辞みたいな説教はやめてください……泣かないために、そう話しているだけでしょう……！　恥を知ってください……ぼくは完全に、完全に偉大な愛だけが、ひとりの人間を本当に変えることがでる唯一の力だと、そう信じているんです。

マーリヤ・リヴォーヴナ　ええ、そうかもね——ヴラース。たぶんね。でもわたしはこれまでに、そんな恋愛を経験したことがないのです。わたしはまだ誰かを愛したことがありません——あなたのようには……（ヴラースは彼女を抱きしめる）いけない……もうわたしから離れなければダメよ。どこかへ行ってちょうだい。さあ、お願い！

ヴラース　ああ気が変になりそうだ——頭がおかしくなる！　ぼくはやつらに襲いかかって、手負いの狼のようにあのやくざ連中どもを引き裂いてやる。

マーリヤ・リヴォーヴナ　静かにして、お願い、落ち着いてちょうだい……

ヴラースは駆けだしていく。

54

ヴァルヴァーラがハンモックのマーリヤ・リヴォーヴナのそばに腰かける。

マーリヤ・リヴォーヴナ　ヴァーリャ、あなた、こちらへいらしてください……

ヴァルヴァーラ　どうなさったの？　弟があなたを侮辱したのですか？

マーリヤ・リヴォーヴナ　いいえ……えっと、その……侮辱ですって？　違いますわ。ああ、わたしにはよく分かりません。

ヴァルヴァーラ　聞かせてください、何があったのです？

マーリヤ・リヴォーヴナ　彼がわたしに言ったのです——こう言いました、わたしを愛していると。このわたしをですよ！　わたしはもう若い娘ではありません……髪には白髪がまじっています——彼にはそれが見えないのでしょうか？……わたしの娘は十月に一五歳になるんです、なんてことでしょうね！

ヴァルヴァーラ　わたしはあなたの目じりの小さなしわが好き。あなたは聡明で、美しい女性ですわ。わたしはいつも感心しているんです。

マーリヤ・リヴォーヴナ　わたしだって他のみんなと同じです——ただの惨めな人間に過ぎませんわ。それにわたしは不安、おそろしいほど不安なんです……

ヴァルヴァーラ　何がです？

マーリヤ・リヴォーヴナ　彼を愛しているんです……笑わないでちょうだいね……ヴァーリャ、彼のことを愛しています。でもわたしには、誰かを愛したという経験がないの。わたしの結婚生活なんて最初から最後まで拷問でしたわ……そして今になって——恥ずかしいんですけど——わたしは、とてもやさしく、そして情熱的に愛されたいと願っているのです、ええ……この年になって、さぞや滑稽でしょうね！　どうかわたしを助けてちょうだい！　彼に思い違いをしているんだと、伝えて……わたしは、辱《はずかし》めには会いたくないのです。もうずっと、辛いことばかりを経験してきたのですから。

ヴァルヴァーラ　ねえあなた、わたしにはよく分からない——あなたも彼を愛しているのなら……不安におびえる必要はないじゃありませんか。(38)

マーリヤ・リヴォーヴナ　だって彼はまだ、ものすごく若いんですよ。一年もすれば彼はわたしに飽きて、離れていってしまいますわ。

ヴァルヴァーラ　そうじゃありません。ヴラースにはあなたが必要なのです。あなただけが彼を支えてあげられるんですもの。あなたは彼を真面目で、有益な人間に育ててあげるの。そして連れ立って、一緒に仕事をすればいいわ。

マーリヤ・リヴォーヴナ　ああ、ヴァーリャ、なんてことを吹き込もうとしているの！　でもどっちみち、頭のなかでわたしはもう引き返すつもりになっています。

ヴァルヴァーラ　わたしたちはみんな用心深く生活しすぎてますわ。臆病に過ぎるのよ……いつも考え込んでしまって、不確かな未来におびえてるんです……自分でも何をしゃべっているのか、よく分かっていません……たぶんあなたにこんなこと言える権利は、わたしにはないでしょうし。わたしなんてきっと、自由を求めて飛んでいきたいのに、何度も窓ガラスにぶつかってばかりいる、そんな大きい馬鹿なハエに過ぎないのでしょうね……あなたが幸せになれるなら、あなたのすぐそばにいてあげたいって、わたしはそう思っています。

ヴァルヴァーラはマーリヤ・リヴォーヴナから遠ざかる。

55

草地にて。リューミンが道を歩いているヴァルヴァーラと出会う。

リューミン　あなたがぼくを支えてくれなくてはなりません。ぼくの人生の約束事を叶える手助けをしてください。そして働き、何か重要なことを行う精神力と意欲とを、あなたからぼくに与えてほしいのです。

ヴァルヴァーラ　そんなことはできません。無理ですわ。気付きませんか――いかに生きるべきか、わたし自身が分からないでいるのですよ。生活に意味を求めてみても、目標もなく、毎年毎年イライラしながら、ただこうして無為に過ごしているだけ、これでわたしの生活と呼べるでしょうか？　惨めで、耐え難いものですわ。わたしたちはみんなおそろしいほど不安になって、誰もが他人に寄りすがろうとし、救いを求めてあえぎ、叫んでいる――

リューミン　そうですとも、ぼくも救いを求めて叫んでいます。今のところぼくは意思の弱い、傷ついた人間に過ぎません。でもあなたでしたら、そんなぼくを支えてくれるでしょう。ただそう望んでくだされればよいのです。

ヴァルヴァーラ　違います。そんなのは嘘ですわ。たとえわたしが毅然とした力強い人間だったとしても、あなたは支えられません。人間は自分自身の力によってのみ、変わることができるのだと思います。そのような精神力を持っているか、いないかなのです。もうこれ以上、お話しするつもりはありません――わたしの心のなかは、ますます嫌悪感でいっぱいになりました。

リューミン　ぼくを嫌悪しているのですね？

ヴァルヴァーラ　いいえ……違うわ。あなたじゃなくて、わたしたちみんなが嫌でたまらないの。わたしたちは役立たずで、不必要な人間なのです。でもわたしは確信しています、まもなく、ひょっとしたら明日にでも、だれか他の人たち、勇敢で力強い人びとがやって来て、わたしたちをこの地上からゴミのように掃きだしてしまうでしょう、って……パーヴェル・セルゲーエヴィチ、わたしにはやっぱりあなたのためにできることなど何ひとつとしてありません。(39)

リューミン　あなたにはぼくを愛せない、ぼくを支える気もない、でもこれだけはお願いしたい。この苦しみが生む悲痛と快楽とを、どうかぼくと分かち合ってほしいのです！

ヴァルヴァーラ　やめて！　もう黙って！……これ以上、あなたの病的な心をわたしの前に曝け出さないで！

リューミン　そんなにむごいことを言わないで。ぼくだってひとりの人間ですよ。

ヴァルヴァーラ　それじゃわたしは？　人間じゃないとでもおっしゃるの？　わたしはただ、あなたが満ち足りて暮らすために都合よく利用しようとしている何者かに過ぎないのでしょうか？　そしてそれは、むごいことではありませんか？　わたしには分かります、青春時代の約束事を破っているのは、あなただけじゃありません……何千もの人びとがあなたと同じように志《こころざし》を立て、その誓いを今では裏切っているのです――

リューミン　もうご勘弁ください。よく分かりました。ぼくはやって来るのが遅すぎました。そうですよ。ですが、お分かりでしょう――シャリーモフ、ほら、あのシャリーモフをご覧なさい！　彼だって不必要な人間じゃありませんか、え？

ヴァルヴァーラ　お願い、もうこれ以上、お話しするのはよしましょう、パーヴェル・セルゲーエヴィチ。今日はおしまい。あなたがもっと落ち着いてから、また今度にしましょう。(ヴァルヴァーラはリューミンを無視して行ってしまう)

56

スースロフがリューミンの方へ近付いていく。彼はワインのボトルとグラスを手にしている。

スースロフ　ぜんぶ嘘、ぜんぶ戯言《たわごと》さ。乾杯しましょうや、哲学者さん。おれだってぜんぶ知ってますよ。昔は自分でも哲学をやりましたからな。インテリゲンチャに、保守主義に、デモクラシー……ぜんぶ嘘っぱちさ……人間はまず何よりも動物学上の生き物さ。まだあんたはそこでしかめっ面して、もったいぶってられるんですな……あんただって飲んだり、食ったり、女を抱いたりしたいでしょう……そうですとも！　それこそは簡潔だが、心からの全真実ですからな。おれはもう詩人のシャリーモフがしゃべっているのを聞いたが、まあよしとするさ、やつには言葉を生み出す必要がある、それで飯を食ってるわけだからな。またヴラースの言い分もよく分かる、あいつはまだ若くて、馬鹿で、青臭いからな。だが、あのザムイスロフが、あのあくどいサメ野郎、あの下劣なやくざ者が口を開くと、おれは一発かまして、あいつの歯をぜんぶへし折ってやりたくなるぜ。やつはバーソフを汚いビジネスの世界に引きこんで、ふたりで二万ルーブルほど騙しとるようだな。もちろん彼の奥さん、高慢ちきで誠意に満ちたヴァルヴァーラは、こんなことに何も気付いちゃいまい。

彼女ときたら、誰を愛人に選ぶか、いまだに決めかねていますからな……

リューミン　あんたはとんだブタ野郎さ、スースロフ。（彼は走り去る）

スースロフ　さっさと出て行け、この意気地なしが……（クロピールキンとプストバーイカが通り過ぎる）おいおまえ、何じろじろ見てんだ？　まだ人間を見たことがねえってのかい？　消え失せろ！

プストバーイカ　ええ、行きますとも。

スースロフ　カネがこの世を支配する。馬鹿な話さ、カネなんて、持ってるやつには、何でもないのにな。——この世の全人類は——みんな悪党どもさ——だが、他の連中がなに考えてやがるか、みんな不安なんだな……

57

スースロフは眠り込む。ユーリヤがやって来て、彼を起こす。

スースロフ　ユーリヤか！

ユーリヤ　どうしたのよ？

スースロフ　こっちへ来て、座れよ。

ユーリヤ　ああ分かったわ、二本目のボトルを飲み終えて、出来上がっているところでしょ(40)？　今にあなたは高価なワインで身を滅ぼすわね。

スースロフ　もっとおれの方に来いよ。
ユーリヤ　今あたしのこと、抱きしめたいんでしょ、ね？　そうしたいの？
スースロフ　ユーリヤ――もう長いあいだこんなことはなかったな……
ユーリヤ　ねえあなた、聞いて――あたしのために素敵なことをしてくださらない？
スースロフ　何が望みなんだ？
ユーリヤ　約束してくださるわね？
スースロフ　おまえのためなら何でもするさ、かわいいユーリヤ。
ユーリヤ　あなたが妻を愛する旦那で、あたしとっても幸せよ。
スースロフ　さあ、何して欲しいか言いなさい？
ユーリヤ　（ハンドバッグからリボルバー拳銃をとり出す）さあ自殺しましょう、あなた――最初はあなたで、それからあたし。
スースロフ　悪い冗談はよせ。そんなものは捨てなさい！
ユーリヤ　触らないでちょうだい！　ねえ、何よ？　あたしから先に死んでも構わないのよ、でもあなたがあたしを騙して、自分だけ生き残るかもしれないじゃない。そんなの許さない、あたしは永遠にあなたとひとつに結ばれたいの。
スースロフ　やめろ、ユーリヤ、おれにそんなムダ口を叩くんじゃない。
ユーリヤ　お別れだから、もっと素敵なことを言ってあげましょうか？
スースロフ　やめてくれ！
ユーリヤ　もうあたしに引き金を引いて欲しいようね？

スースロフ　おまえ悪魔だな。もうおれには耐えきれん――行くからな……
ユーリヤ　行けばいいわ……後ろからあなたを撃ってあげるから。
スースロフ　おれを発狂させる気か。どうしてそんなにおれを憎むんだ？
ユーリヤ　あんたなんて憎む値打ちすらないわ。

58

大きなピクニック場にて。

ザムイスロフ　皆さん、もう出発しないといけません、帰る時間です。
バーソフ　なあ、ヤーシカ、素晴らしいハイキングじゃなかったかい？　ここはとくに風光明媚な場所さ。ぼくらは毎年ここへ来るんだ。ぼくは乏しい、広大な、途方もないこの国が大好きだ。この国の人びとが好きなんだ。だってぼくは汎神論者だぜ、ヤーシカ。ぼくはすべての物、すべての人を愛している。ぼくの心はまるで海のように深く果てしない……この比喩は書き留めておいてくれよ、海のように深く果てしない心……さあワインだ、ぼくにワインを注《つ》いでくれ(41)。
シャリーモフ　馬鹿ばっかり言ってるな！　せいぜい海のような心で溺れないように気をつけろよ！
バーソフ　人を裁くのはよせ、そうすれば自分も裁かれはしない！　ぼくは言葉できみに負けてやしないぞ、なんたってきみは作家先生だからな。おや、マーリヤ・リヴォーヴナだ、なんて見事な女性だろうね……尊敬しちまうぜ。
シャリーモフ　おまえも悲しい俗物に成りさがったもんだな、セルゲーイ。女性を尊敬するのがどういうことか、分かってものを言っているのかい？
バーソフ　分かってる、きみの言うとおりだよ。必ずしも尊敬に値しない女性の方が、ぼくにしたってマシだからね。あなただって、それほど――それほど偉ぶってない女性の方がずっと好ましいでしょうね。
ドッペルプンクト　なにを馬鹿なこと言っておるんじゃ？　あんな、まあ言うなれば王妃のような女性と結婚しておきながらな。
バーソフ　ぼくの妻？　ヴァーリャがですか？　おお！　あれは純粋主義者、ピューリタンなんですよ。まったく驚嘆すべき女性です、聖女と言っていいくらいです。ですが彼女は大変な読書家で、まったく、一緒にいても死ぬほど退屈なんですよ。なあ、彼女は常になんらかの規範を必要としてないかい？　まあ彼女の健康のために乾杯しましょうや。
カレーリヤ　あたしよ、セルゲーイ、嫌な気持ちにさせるけど、もうお酒はこれでやめにしてちょうだいね！　あたしが、酔っぱらってるあんたに耐えられないって、知ってるわよね。
バーソフ　おっと妹よ、そんなこと言ってると、ぼくの友人たちの前で恥をかくことになるぜ。ぼくはまだほんのグラス一杯の酒しか飲んでないんだからな……
シャリーモフ　このボトルからはそうだな！
バーソフ　（シャリーモフに向かって）ほら、こいつがぼくの妹だ。かわいいだろう？　おまえにはもっと仲良くしてやってほしいんだ。

カレーリヤ　まあ、もうこんなに酔っぱらって……！
バーソフ　違うよ、酔ってないさ、黙っていろ！……きみには妹の詩をぜんぶ見てやってほしい、すごくいい作品もあるんだ。
シャリーモフ　あなたの『白い花』はとても印象深い作品でした。もっとあなたの朗読をお聞きしたいと思っています。
カレーリヤ　気を付けてないと、あなたの言葉を真に受けてしまいますわ。詩をいっぱい書いた分厚いノートを、まだ四冊も持っておりますのよ……
シャリーモフ　おどかそうったってダメですよ、ぼくには逆に興味がわいてきました……
カレーリヤ　まあ、どうなるでしょうね。
ドッペルプンクト　（ユーリヤに向かって）わしの帽子の上に誰かが座っておった。見てみい、すっかりしわくちゃになってしもうた。クソッタレめ、他人の持ち物に注意せんとは、許せんわい。
ユーリヤ　まあおじさま、そんなに興奮なさらないで。あなたなら新しい帽子を買うだけの余裕がおありでしょ。
ドッペルプンクト　新しい帽子など欲しゅうない、この古いのに愛着があるんじゃ。
ユーリヤ　こっちへいらしてください、元のかたちに整えてあげますわ。
ドッペルプンクト　慎重に、慎重にな……ところであんたは亭主を愛しておらんな、そうじゃろう？
ユーリヤ　彼が愛される人だと、お考えですか？
ドッペルプンクト　それじゃ、どうして彼と結婚したんだね？
ユーリヤ　彼が自分を興味深そうな男性に見せてたんです。

ドッペルプンクト　じゃあ、あんたはまんまとそれに引っかかったわけじゃな？
ユーリヤ　野蛮人のある種族には、結婚前に男性が女性の頭をこん棒で殴る風習があるそうです。でもあたしたち文明人の場合は、それを結婚後にやるのです……あなたも頭を殴られた経験をお持ちですか、マーリヤ・リヴォーヴナ？
マーリヤ・リヴォーヴナ　ええ。
ユーリヤ　野蛮人のほうが正直よね？（彼女は立ち去る）
マーリヤ・リヴォーヴナ　あなたはずっとこちらに滞在なさるのですか？
ドッペルプンクト　はい――本当はその気でおったんじゃが――
マーリヤ・リヴォーヴナ　と申されますと？
ドッペルプンクト　わしは甥のもとに定住しようと考えておった。しかし彼のほうは、このわしの提案に対して感激しておるようには見えんのじゃ。あやつはわしを好いておらん。そもそもが無関心な男ですからな。あいつのことがわしにはよう分かりません。ですが、いずれはやつがわしの全財産を手にするかと思うと、わしゃあもう腹が立ってしようがないですわ。
マーリヤ・リヴォーヴナ　まあお気の毒な方ね！　そのことで腹が立つのでしたら、そのお金で何か理性的なお仕事をなされればよいわ。
ドッペルプンクト　理性的な仕事ですか？
マーリヤ・リヴォーヴナ　社会目的のためにあなたのお金を活用なさい。そうすれば、意義を持つことになりますわ。
ドッペルプンクト　ああ、そんな忠告をむかし誰かがしてくれたのう――ところがそいつは狐色《きつねいろ》した詐欺師、自由主義者だったのじゃ……あなたはいったい何のためにわしの金を役立てたいのじゃ？

マーリヤ・リヴォーヴナ　わたしたちには今すぐ学校が必要です。ギムナジウムが必要なんです。男子校と、女子校が。

ドッペルプンクト　「お気の毒な方」と、わしのことを言われましたな、先ほど……これまでわしゃあずっと、腐るほどの大金持ちと言われてきました。今ようやっと悟りましたが、わしは哀れで、気の毒な人間だったのじゃなあ……はっきりそう言ってくださって、あなたに感謝しますぞ。

59

ヴァルヴァーラとシャリーモフが散歩に出かける。(42)

シャリーモフ　とても眠そうな目をしていますね。お疲れですか？

ヴァルヴァーラ　ええ、少し。

シャリーモフ　ぼくもひどく疲れました。もうくたくたですよ。ここの連中と一緒にいると、とても気を遣うのです……ときどきぼくは、あの騒々しい友人たちの一団にいるあなたの様子を観察していました。あなたは沈黙することが多かったが、その目で切々と問いかけていらっしゃった……ぼくにとってあなたの沈黙は、言葉以上に雄弁に語りかけてきました……

いえ失礼しました。

ヴァルヴァーラ　どうなさったの？

シャリーモフ　こんなことを申し上げるのは、ひょっとして不愉快ではありませんか？

ヴァルヴァーラ　もしそれならそうと言いますわ。（彼女は彼に一輪の花を差しだす）いかがですか？

シャリーモフ　どうもありがとう。ぼくはこの花を、ある美しい、気まぐれな行為に対する想い出として大切に保管しておきます。家に帰ったら、本に挟んでおきましょう。そしてある日、その本を開けると、なかから花が出てきます。そのときにぼくは、あなたのことを思い出すでしょう……センチメンタルだと思われますか？

ヴァルヴァーラ　いえ、続けてください。

シャリーモフ　ぼくの腕をお貸ししましょうか？

ヴァルヴァーラ　ありがとう、でも結構です。

シャリーモフ　あのように悲劇的とも言えるやり方で人生を浪費している連中と一緒にいたら、あなただって否応なく気難しくなってしまいますよ。

ヴァルヴァーラ　あの人たちに立派に生きることを教えてあげてください！

シャリーモフ　それはできませんよ。ぼくには教師としての説得力もなければ、自惚《うぬぼ》れもありませんからね……ぼくは一匹狼なんです。自分の意見や感情を他の人に押しつけるなんて無理です。ぼくには声を大にして語る能力もない。人びとのなかに介入してはならないのです。ぼくが彼らから遠く離れれば離れるだけ、それだけいっそう彼らの姿が明瞭なものになるのです。

ヴァルヴァーラ　おっしゃることはよく分かります——ですが、それはわたしをとても悲しい気分にさせます。まるで親しかった人が亡くなってしまうみたいに、わたしは自分の感情を抑えきれないんです。
シャリーモフ　不思議だ。
ヴァルヴァーラ　何です?
シャリーモフ　ぼくはいま率直に、本心をさらして語りたいという強い欲求を感じています。それはきっと、あなたのせいでしょう。あなたと一緒にいると、心から誠実でありたいと、そう思えてくるのです。
ヴァルヴァーラ　おつらいのですね?
シャリーモフ　(彼女の手にキスをする)あなたのそばにいると、まるで奥深い、未知なる幸福が支配する世界のその戸口に立っているような気持ちになります。あなたからは偉大な力が伝わってきて、ぼくはその魅力に感化されています……あなたとしかできないような偉大で、新しい、唯一無比の経験について予感しているのですが……もしもあなたが——
ヴァルヴァーラ　もしわたしが?　何でしょう?
シャリーモフ　ぼくのことを笑ったりしませんか?　はっきり言ってほしいのですね?
ヴァルヴァーラ　もう結構ですわ。分かっています。あなたは上手な誘惑者ではありませんね。
シャリーモフ　あなたにはまだ何も分かっていません。
ヴァルヴァーラ　あなたの本を読んだとき、わたしはどんなにあなたを愛したでしょう!　そしてどれほどあなたを待ち望んだでしょう!　あなたは——あなたはわたしにとって、すべてを理解して、正しく生きるためになすべきことを知っている人でした……そしてあなたが目の前に現れたのです。あのとき、いつでしたか自作の詩を朗読なさるあなたの姿を、わたしは目にし、耳で聞いたのです――当時わたしはまだ一七歳でした――そしてその夕べから、あなたの姿はわたしの記憶のなかで星のように輝いていたのです、星のように！

シャリーモフ　もうたくさんだ、どうかぼくを許してください……

ヴァルヴァーラ　なにもかもがつらくなると、わたしはあなたのことを思いました、すると気持ちが少し楽になったのです――わたしは希望を持てました……

シャリーモフ　そんなのは理性的じゃない、ヴァーリャ、ねえ、理性の名に値しないよ。

ヴァルヴァーラ　ここへあなたがやって来たのは、わたしにとって苦痛でした。肉体的にも傷つきましたわ。あなたに一体なにが起きたのでしょう？　どうか教えてください、あの世間の自由な生活のなかで、自分の精神力を維持してゆくのは無理なことなのですか？

シャリーモフ　あなたも他の連中と同じですね……彼らはみんな、この作家生活に対して、くだらない思い上がった観念を抱いてるんだ……作家はどう振舞うべきか、いかに語るべきか、みんなよく知っている……なぜだ――どうしてあなたたちは特別な要求をぼくに押しつけるんだ？　クソッ、ぼくが誰を演じて見せれば満足なんだい？　ぼくだって働いて金を稼いでいる、まったく普通の人間なんだ。両手の代わりに、想像力を使っているだけじゃないか。きみたちはみんな好き勝手に生きているのに、ぼくが物書きだからって、ぼくひとりきみたちに都合よく、きみらの願望や夢想に添うように生きなければならないのかい……もう勘弁してください、ヴァルヴァーラ・ミハーイロヴナ、ぼくはこの花をあなたにお返しします。ぼくはあなたの賞賛を意味するこのしるしを受けとるには相応しくない男ですからね。

ヴァルヴァーラがひとり後に残される。

60

大きなピクニック場にて。出発のためにみんなで集まっている。(43)

カレーリヤ　そろそろ家へ帰りたいわ。さあ早く集まって！　嵐が近づいてるわ……急がなきゃ。★8
スースロフ　嵐だって？　気配すらないけどな。
カレーリヤ　もちろんあなたには感じられないでしょうね。あなたは目を大きく見開いたまま、深淵に飛びこんでゆくタイプですわ。
ドッペルプンクト　ふむ、彼女が何か言うたびに、ついじっくり耳を傾けてしまう。どれもこれもえらく含蓄に富んでおるわい、甥っ子や。あんなにひどく酔っぱらうにはどうすりゃいいんじゃ……
オーリガ　もうくたくたよ。ねえキリール、抱いていってくれない？
ドゥダコーフ　今度は何だね？
オーリガ　本当に、本当に素敵だったわ。今日という日をどうか忘れないでちょうだい。

ドゥダコーフ　おまえも自分の善良な決意を考えてくれるね。
オーリガ　とってもうれしいわ。あなた、明るい光がわたしたちの生活に差しこんできたの。これでもう心のなかが暗くなることはないわ。
ドゥダコーフ　なあおまえ、マンネリ化しないようにしような。思ったことは何でも遠慮なく言うんだよ。
ザムイスロフ　いや、歌はやめにしましょう。（クロピールキンに向かって）さあ、怠けてないで演奏してくれ。ぼくらの出発に合わせて何か弾くんだ！（リューミンに向かって）ねえ、ぼくらのピクニックは気に入りましたか？
リューミン　ピクニックですか？……ぼくは魔女の集会から出てきたような気分ですよ……自然なんてクソッ喰らえさ！「広々とした自然へ出かけよう」……すべて嘘いつわりだった……ぼくらは永遠に自分自身の囚人にすぎないんだ――
シャリーモフ　ねえきみ、自然に敵対するものなどありませんよ。
リューミン　あっ、おまえ――この野郎！
シャリーモフ　でもこの不快なやぶ蚊には敵対者だらけでしょうな……どこかに肩掛けを置き忘れてきたようだ……
ヴァルヴァーラ　ヴラース、自分の蓄音機は自分で運びなさい。サーシャはあんたの蓄音機を引きずるために、ここへ来てるわけじゃないわ。
マーリヤ・リヴォーヴナ　（ヴァルヴァーラに向かって）手伝ってくださらない――このハンモックがうまくはずせないの……

プストバーイカ　（ゴミを片付ける）おいおい――あいつら、そこら中ゴミだらけにしやがって。あんなにきれいだったキャンプ場が！　ぜんぶ汚されちまった。あいつらのいた後はすべてゴミ、どこもかしこもゴミだらけだ。地面という地面を汚していきやがるな――

ユーリヤ　さあ帰りましょう……帰りましょう……「女性の武器をもって」ですって――はっ！　一体どんな武器なのよ？

バーソフ　残念、残念、残念、残念……

スースロフ　おれと腕を組めよ、ユーリヤ！

ユーリヤ　すぐにそのタバコを捨てなさい！　あたしは山火事なんかで死にたくないの。

カレーリヤ　あたしのお人形さんはどこ？　ヴラース、あんたがどけたんでしょ？（リューミンが彼女に人形をわたす）あなただったの？　こっちへよこしなさいよ！

リューミン　あっちの草むらに落ちてたんだ。

カレーリヤ　知らない人が触っていたら、イヤだわ。運気が落ちちゃう。

リューミン　じゃあ無くしてたらどうなってた、永遠に？

ドッペルプンクト　一緒に来てくれんか、ヴラース。わしは旅立つのじゃ。

ヴラース　えっ？　どこへですか？

ドッペルプンクト　わしは学校を建てることにした。ギムナジウムじゃ。男子校と女子校をそれぞれひとつずつな。建築家と一緒にやるんじゃ、建設会社を創設してな。おまえはどう思うかね？

ヴラース　いったい何の話でしょう？　ええっと……

ドッペルプンクト　そうじゃな。まずはゆっくり考えてみなされ。もちろんわしはこれを、自分で思いついたわけじゃない。誰がわしにアイデアをくれたか、想像してみるといい。ほら、分かるだろう。わしらには生徒が必要なのじゃ。

ヴラース　ああ、そりゃ素晴らしい。

みんなで出発を待っている。

61

バーソフが一人で後に残っている。ヴァルヴァーラが彼に近づく。(44)

バーソフ　なあ、愛しいヴァーリャ。見てくれよ、ぼくも完全に一人ぼっちさ。みんなでぼくひとりを置いてけぼりにして、もう行っちまいやがった。そうさ、みんなで出発だとさ。

ヴァルヴァーラ　少しお酒を飲みすぎたようね――またなの、セルゲーイ？

バーソフ　おい、こっちへ来て座れよ……ぼくが飲まずにいられないか、聞きたいんだろ……？　ほら、きみも一杯やったらどうだ。

ヴァルヴァーラ　まあ――コニャック！　あなたの健康にとってこれがどれだけ有害か、ご存知のはずよ。後でまた心臓障害で、ぼやくはめになるわね。

バーソフ　いや、最初はポートワインで始めたんだがね……そうぼくを邪険にしないで、かわいいきみ……今回も素晴らしいピクニックだったろう？　ぼくらは、本当はしっかりと話し合う必要があると思わないかい？　ここは素晴らしい場所だよ。ぼくはこの国が大好きだ、この国の人びとが好きなんだ——ぼくはだんだん気持ちが弱くなっていく気がする、感傷的と言ってもいいくらいさ……ぼくは何もかもが大好きで、嫌いなものなんて何もない、おかしな話さ。

ヴァルヴァーラ　でもわたしは——わたしのことは嫌いに違いないわ。

バーソフ　えっ、どうしてさ？　ときどききみはぼくに対して、少し無愛想なところがあるよね。でもぼくの人のよさが、誰かの神経に触るってこともある、もう気づいていることさ……

ヴァルヴァーラ　行かなくちゃ、セルゲーイ。

バーソフ　残念だな。ぼくはもう少しきみと座っていたかったよ。

ヴァルヴァーラ　起きて、さあ行くわ……

バーソフ　人生の顔は愛想のよい子供のような目で見なきゃダメだね。そうすりゃきっと、全部うまくいくさ。どっちだい？……そっちね、よし。

避暑に訪れた人びとは帰途につく。

62

庭に提灯がかかっている。クロピールキンとプストバーイカがテーブルを並べている。(45) サーシャは食事の用意をする。

サーシャ　まっすぐよ、そのテーブルはまっすぐに並べてちょうだいね。でないと、あとでまたわたしがやり直すことになるからね。
プストバーイカ　耳を貸すんじゃねえぞ。おいらたちがここで働かされる理由なんてねえんだからな。
クロピールキン　そうともさ。ここでおれらが働いてやる理由なんてまったくねえ。
プストバーイカ　むしろここで働かされんのは禁じられてんだぜ。まず第一に、見張りってのは、外回り専門だからな。
サーシャ　でもウオッカは、外じゃなくて中で飲みたいだろう。
プストバーイカ　それに第二に、勤務時間に見張りが表にいないとなりゃあ、外で何かが起きちまうかもしれんしな……

クロピールキン　そのとおりさ。だから見張りが表にいなきゃなんねえときに、中で働かされるなんてのは、禁止される必要があんだよ。

プストバーイカ　じっさい、禁止事項だな。

クロピールキン　もう禁止事項だって、あ？　なあお前さんよ……いったい誰が禁止してやがんだい？

ふたりの番人は後ろへ下がる。

63

ヴラースとカレーリヤが椅子を運んでくる。

カレーリヤ　しっかりと両足で生活のなかに立つ——はっ！　でもこれって結局、ひざまでぬかるみにつかるってことよね！

ヴラース　できみの場合は？　しっかりと両足で空中に浮かびたいって言うんだね？　そんなのは何の役にも立たないよ、そうさ、ぼくだってもう十分に試してきたからね。で何になった？　スカートの裾を汚したくない、清らかで、冷たい心のままでいたい——そんなのが誰の役に立つってんだ？

カレーリヤ　あたしよ。あたし自身にとっては必要なことだわ。
ヴラース　思い違いだね。きみなんて自分にとっても有益じゃない。きみは自分で自分の道を塞《ふさ》いでいるだけさ。
カレーリヤ　ねえ、ヴラース、もうやめましょう。あたしたち分かり合えないわ。

64

ヴァルヴァーラが食事の用意をしている、そこへオーリガがやって来る。(46)

オーリガ　まだ怒っているの？
ヴァルヴァーラ　怒っているかって？　いいえ。
オーリガ　(パーティの準備をするバーソフとその他の人びとに向かって）まるで昇天祭の鳩みたいにあなたたちは飛び回るのね。（ヴァルヴァーラに向かって）ねえヴァーリヤ、わたしには分かる、あなたは怒っているわ。でもあんなのは戯言《たわごと》に過ぎない、ついうっかりしゃべってしまったことなの。わたしはすごく興奮してたから……
ヴァルヴァーラ　お願い、もうやめて。今さら取り繕ってもらわなくて結構よ。取り繕った友情なんてご免だわ。
オーリガ　あなたって執念深いわね。なんてひどいの！　相手を許すことだって必要だわ！
ヴァルヴァーラ　わたしたちはあまりに許しすぎている。心が弱いからそうなるのよ……

65

ドゥダコーフがやって来る。

ドゥダコーフ　ここにいたんだね——きみをあちこちで探したよ。家じゃ混乱が起きてしまって、子供たちが泣きわめいている。ミーシャが子守の娘をぶったんだ。でもあの子が言うには、彼女が先にあの子の耳を引っ張ったんだそうだ。耐え難いことだな。子供たちは寝ようとしない……きみには子供たちの面倒をみてほしいんだ、オーリガ。

オーリガ　ああ、子供たち、子供たちね！　それであなたは？　どうして自分で面倒みてあげないのよ？　自分は逃げてくるばかりじゃないの！

ドゥダコーフ　わたし？　どうしてわたしなんだね？　わたしだってさんざん厄介ごとを抱えているじゃないか。どこから手をつけたらよいか、分からないぐらいさ。ところでこんな馬鹿げた提灯が、どうしてそこかしこにぶら下げてあるのだね？

ザムイスロフ　お静かに、ドクター、落ち着いてください。ぼくはあなたを盛大な夏祭りにご招待します。どうぞお楽しみになって、日常のささいな気がかりなどは忘れてください。先生がスースロフのおじのためにお別れの料理を振舞ってくれます。彼はあした旅立つのです。

ドゥダコーフ　本当かね？　彼が出て行く。一体どうしてだね？　いや、残念ながらわたしはそんな気分ではありませんよ。なにか特別料理でも出るのですか？

ザムイスロフ　それは教えられませんよ。パーティでのお楽しみです。

カレーリヤがひとりでテーブル席に腰かける。

カレーリヤ　真理をすでに発見したと思ってる人なんて、あたしにとっては死人《しびと》も同然だわ。

66

マーリヤ・リヴォーヴナがヴラースと小声で話している。

マーリヤ・リヴォーヴナ　いつ旅立つの？
ヴラース　どこへも行きません。ぼくはずっとここに残ります。
マーリヤ・リヴォーヴナ　いけない。そんなことではダメ！　出発するのです、あなたは早くここを出て行きなさい。臆病にならず、どうか勇気をお持ちなさい。あなたは働いて、自分自身の道を見つけるのです。あなたは強くて、分別のある人です、だからわたしはあなたを愛するのです、ええ、わたしはあなたを愛していますわ。
ヴラース　ぼくには分からない、理解できないんだ！　どうしてぼくを追い出そうとするんですか？
マーリヤ・リヴォーヴナ　わたしはあなたを追い出したりしません。猶予をちょうだい、ヴラース……わたしは正気に戻る必要があります……自分の仕事のことを考えなければなりません、患者のこと、生徒たちのこと、そして戦友たち……わたしには自分自身のためにだけ生きることはできないのです、お分かりですか？

ヴラース　ぼくはあなたの道を邪魔したりはしません。むしろあなたの仕事の手助けがしたいのです……

マーリヤ・リヴォーヴナ　ダメよ。わたしはあなたのことを今以上に、ますます激しく愛するようになるでしょう……いとしい人、愛する人……そうなれば、わたしは自分を取り巻くいっさいのことを忘れてしまうでしょう。そしてそれは許されないことなのです……(47)

ヴラース　ぼくはどうすればいいんです？　ぼくはまるで小さな子供のように不安です。だってぼくはあなたを失いたくない、だから不安になるんだ！

マーリヤ・リヴォーヴナ　そんな気持ちはすぐに過ぎ去ってしまうわ。一時《いっとき》の痛みなんて、そんなに悪いものじゃない。後になって、すべてが辱《はずかし》めで、滑稽でさえある結末を迎えてみると、そんなのは苦しみと同様で悪いものではないわ……あなたは出発した方がいい、ヴラース。

ヴラース　ぼくの恋人、ぼくの素晴らしい恋人。

マーリヤ・リヴォーヴナはヴラースの許から立ち去る。この光景をじっと見ていたバーソフが彼に近寄ってくる。

バーソフ　おい？

ヴラース　黙ってるんだぞ！　誰にも言うんじゃない！　一言もな。余計なマネはするなよ――（彼

はその場から駆けだす）

ボトルとグラスを手にして、スースロフがバーソフの許へやって来る。(48)

67

バーソフ　なんてことだ、あいつがぼくを脅しつけるなんて！　あの喜劇役者め……

スースロフ　やつは完全に逆上しちまってたな――

バーソフ　異常さ、頭がおかしくなってんだよ。しかし、あのご婦人も第二の春を謳歌して、ははっ、なかなか隅に置けないものだな。でもいま彼女は明らかに、あいつとは縁を切っていたよな。

スースロフ　ああ、いや、ヤツをもっとしっかり自分に繋ぎとめておくために、わざと彼女はああしたのさ。まったくあの女ときたら――選りすぐりのずる賢さだ。考えてもみろ、彼女があれのおじをそそのかして、社会貢献という馬鹿な思いつきのために、全財産を差しだすハメになったんだからな。

バーソフ　本当かい？　すごい話だな。

スースロフ　そんなのを黙って見逃せるわけがねえ、セルゲーイ、違うか？

バーソフ　告訴する気だな？　よしきた、やってやろうじゃないか。（ユーリヤが笑いながら走ってくる）

ユーリヤ　ピョートル――何が起きたか当ててみて！

スースロフ　一体なんだ？

ユーリヤ　あなたの建築現場の作業員がいま別荘で待っているわ。全身を震わせているの。どこかで何かが倒れてきたそうよ。

スースロフ　クソッ、くだらんことで。（彼は立ち去る）

バーソフ　急いでくれよ、ピョートル。食事の時刻には戻ってくるんだぜ。ところで、親愛なるユーリヤさん、どうか聞いてください、ぼくらの恒例になった夏の別荘は、知らない間にひそかな愛の巣になっているんです、情熱のまことの温床ですよ。ぼくら、おたくのご主人とぼくが、くつろぎながらこの部屋へ入ってみると、不意に見ちまったんですよ、マーリヤ・リヴォーヴナとヴラース、あの喜劇役者が[49]――

ヴァルヴァーラ　セルゲーイ、ごめんなさい、ちょっとこっちへ来てちょうだい。

68

ヴァルヴァーラがバーソフをわきへ連れていく。

ヴァルヴァーラ　またなにをぺちゃくちゃしゃべっているの？　無駄口はきかないって、わたしと約束したわよね。

バーソフ　そう、きみはぼくに言ったよな、あのふたりの関係はロマンスじゃないって。ふむ、でももしあれでロマンスじゃなかったとしたら……

ヴァルヴァーラ　あなたって人は、本当に俗悪ね。なんて嫌らしい！
バーソフ　ああ、どうかもうぼくを放っておいてくれよ。きみの相手なんてもう誰もしないからさ。一言ひとことが余計なんだよな。
ヴァルヴァーラ　そうね、あなたにも口数を減らしてもらいたいものだわ。むしろ他《ほか》の人たちがあなたについて何を言っているか耳を傾けてほしいわね。
バーソフ　ぼくについてだって？　一体なんだい？　いや、ぼくはそんな陰口からは超然としているんだ。好きに言うがいいさ。ただぼくが驚いているのは、ぼくの妻であるきみがなんで――
ヴァルヴァーラ　あなたの妻である名誉なんて、あなたが思っているほど大きくないわよ――
バーソフ　そりゃ一体どういう意味だい、ヴァーリャ？
ヴァルヴァーラ　わたしが思ってること、感じていることを、率直に口にしただけよ……
バーソフ　ぼくは、きみが考えていることをはっきりと口に出すように、要求したいね。
ヴァルヴァーラ　分かったわ、じゃあ後で説明してあげる。

69

全員がテーブルを囲んで集まっている。ドッペルプンクトがプレゼントを持ってやって来る。

ドッペルプンクト　お前さんらのおしゃべりに神のお恵みがありますように、愛する皆さま。こんばんは。

ザムイスロフ　ようやく来ましたな。ぼくらはあなたに敬意を表してパーティを催すことにしたんです、でもあなたは遅刻ですよ！

バーソフ　ささやかなお別れの食事会です、親愛なるセミョーン・セミョーノヴィチ。本当につましいものではありますが、シャンパンを飲むための良い口実にはなるでしょう？……サーシャ、シャンパンを持ってきておくれ！……それからあなたがたにソーセージをご馳走しましょう、皆さん！　とってもおいしいソーセージです。ウクライナ出身の依頼人が、ぼくに送ってくれたんです……それでは乾杯！

ドッペルプンクト　とても感激しております。どうもありがとう……ところでヴァルヴァーラ・ミハーイロヴナ、わしはあんたにチョコレート菓子を持ってきたんじゃ。

ヴァルヴァーラ　ありがとうございます。

ドッペルプンクト　あなたの肖像画をいただけませんかの。写真をお持ちじゃないですか？

ヴァルヴァーラ　お待ちください、調べてきますわ。（立ち去るときにヴラースに向かって）どうしたの、ヴラース？　そんなにイライラして……

ヴラース　調子が良くないんだ、姉さん、サイアクだよ。

ドッペルプンクト　（チョコレート菓子を配りながら）わしはご婦人がた全員にチョコレート菓子を持ってきた。後になってわしのことで、悪い想い出は持ってもらいたくないもんでな。崇拝するご婦人がたに、少しでも取り入ろうという魂胆じゃ。明日にはわしは出かけてしまう、明後日になったらもう、こんな間抜けな老いぼれのことは、みんな忘れてしまっておるじやろうて。[50]

ユーリヤ　いいえ、あなたのことは忘れませんわ。だってあなたの苗字は、とっても変なんですもの。[★9]

ドッペルプンクト　なんじゃ、それだけかね？　でも、それでもありがたいわい。

70

カレーリヤとシャリーモフがテーブル席に並んで座った。

カレーリヤ　あらゆる思考するタイプの人間の生活というのは、破滅ですわね。そうは思いませんか？

シャリーモフ　生活は確かに陽気なものとは言えません。それに時代だって、必ずしも陽気なものではないですからね、ええ。

オーリガ　（通りかかる）もうじき秋ですね。わたしたちはまた町に戻って、あの分厚い石の壁のなかに閉じこもってしまうのね。そうなると、ますますお互い疎遠になってしまいますわね。

シャリーモフ　どうか教えてください[51]——

カレーリヤ　はい？

シャリーモフ　どうか率直におっしゃってください、最近のぼくの短篇集は本当にあなたの気に入りましたか？

カレーリヤ　ええ、とても！　信じてください！　あれは物柔らかで温かみがあって、まるで日没の太陽を包み込む雲のように、魂を包んでくれますわ。あなたの作品を正当に理解できるのは限られた人びとにすぎませんが、そのわずかな人びとは、それだけいっそう情熱的にこの詩人を愛することでしょう。

シャリーモフ　ありがとう……あなたはとても良い人ですね。そういえば、あなたの詩を見せていただく約束でしたね？

カレーリヤ　はい。後でお見せしますわ。

71

ユーリヤがヴラースに小声で話をする。

ユーリヤ　気をつけてね、ヴラース、あなたの先生があなたとマーリヤ・リヴォーヴナとの関係についてベラベラしゃべっているわ……

ヴラース　あの字の汚いやつがかい！　あのコニャック飲みがかい！　もしあいつが姉さんの亭主じゃなかったら――

ユーリヤ　しいっ！　落ち着いて！

ドッペルプンクト　（そこへやって来る）おい、ヴラースおじさん、どうだね？　出かけるとするかい？

ヴラース　ええ、できるだけ急いで。

ドッペルプンクト　もう一晩過ごして、それから出発じゃな。ところでお前の姉さんも一緒に連れ出せるとよいのじゃがな？　ここじゃあの人には、何もやることがありゃせんからな。

ヴラース　ここじゃ誰だって、何もやることはありませんよ。

72

シャリーモフとカレーリヤ、会話が中断した後で。

カレーリヤ　それとも、今すぐにお見せしましょうか？
シャリーモフ　何を――今すぐに？
カレーリヤ　もうお忘れですか？　なんてまあ早い……
シャリーモフ　申し訳ありません……ええっと？
カレーリヤ　あなたはあたしの詩が読みたいとおっしゃいましたわね。今すぐお見せしましょうか？
シャリーモフ　ああ、そうでした、お願いします。でもあなたの思い違いですよ。ぼくは忘れていたわけじゃありません。ただご質問の意味がよく分からなかっただけです。
カレーリヤ　分かりました。詩を取ってきますわ。たとえあなたには、ぜんぜん興味を持っていただけなかったとしても。
シャリーモフ　そんなことはありません！　どうかぼくを信じてください！（彼はヴラースの許へ行く）空想にでも耽ってるのかい？
ヴラース　いえ、口笛を吹いてるんです！

73

ヴァルヴァーラはドッペルプンクトに自分の写真を持っていく。

ヴァルヴァーラ　これがわたしの写真です。いつお発ちになりますの？

ドッペルプンクト　明日の早朝ですよ。ご献呈に対してお礼を申します。ああ、かわいい奥さん、わしはすっかりあなたが好きになりましたよ。

ヴァルヴァーラ　どうしてわたしを好きになるのでしょうか？

ドッペルプンクト　どうして？　人は誰かがただ好きじゃから、好きになるんですよ。まことの愛というのは、大空の太陽のようなもんですな。何に支えられているか、分からんのです。

ヴァルヴァーラ　そのまことの愛について、わたしは何も知りません。

ドッペルプンクト　たしかに、あなたは何も知らんでしょうな……ちなみにあなたの弟さんは、わしと一緒に町へ行く決心をしましたぞ。

ヴァルヴァーラ　彼が決心したですって……？　まあ、とてもうれしいわ！　ええ、彼を一緒に連れて行ってあげてください。わたしはもうずっと前から彼を説得してきたんですよ……ああ、あなたには感謝いたします。

ドッペルプンクト　あなたも一緒にいらしたらどうです、ヴァルヴァーラ・ミハーイロヴナ。わしの持っておる家は大きくて古い、ばかでかい部屋が十もあって、ぜんぶ空いておるんじゃ。

あなたが咳きでもしようものなら、家全体に響きわたります。そして冬になって吹雪がビュービューうなると、本当に不気味なもんですよ。こんな家にひとりで暮らすのは、まったく野暮な話です。(52)

ヴァルヴァーラ　ですが町に出て、どうしたらよいのでしょうか？　わたしには何もできません、何も習ってこなかったんです。

ドッペルプンクト　だったら、何かを学びなさい。ヴラースとわしはギムナジウムを建てますよ。

リューミン　ああ、あなたは学校を建てるのですね？　たいへん結構ですな。その仕事はあなたの生活に一、二年は意義を持たせてくれるでしょう。ぼくもかつては、青少年に理性的な教育を施してやることこそ、ぼくの人生の目的だと信じていたものです。ええ、出発して学校を建てなさい――そして結局、学校では学ぶべきことは何もない、人生の真の秘密については何も教えられないことを、あなたも学ばれるとよいのです。(53)

ドッペルプンクト　ああ、あなたは不平家ですな。まずはこの仕事を、わしにやらせてみてはいただけませんかね！

スースロフ　（近づいてくる）ユーリヤ――ちょっと話をしてもいいかい？

ユーリヤ　いったい何なの？（スースロフは彼女をわきへ連れていく）

リューミン　人生が意義を持つためには、何か、ぼくらの地上での存在を超えて生きのびて、その痕跡を何百年後にも見出せるような、偉大な作品を創る必要がありますよ。何か寺院のようなものを建立《こんりゅう》すべきでしょうね！

ヴァルヴァーラ　パーヴェル・セルゲーエヴィチ、あなたのお話は戯言《たわごと》に過ぎませんわ。

リューミン　ええ、分かってますよ、こんなのは戯言、くだらない決まり文句で、死んだ言葉だってね。ぼくはただ習慣から、ひとり言を話してるにすぎないんです。どうして話すのかは、自分でも分かりませんが……たぶん、秋になったからじゃないでしょうか……出発してください、ヴァルヴァーラ・ミハーイロヴナ、ぼくらを見捨てて、お別れのときも泣かないでくださいな、そんなのは無意味ですからね。

ヴァルヴァーラ　あなたはどこか変ですわ。どうかなさったの？

リューミン　いえ。信じてください、べつに何でもありませんよ。

74

全員がテーブルを囲んで集まっている。ユーリヤがそこへやって来る。

ユーリヤ　想像なさってみて、ピョートルが建設中の刑務所の壁が倒壊したそうよ。労働者がふたり、その下敷きになったんですって。

スースロフ　あいつときたら、喜んでやがる！

ヴァルヴァーラ　何ですって？　どこで起こったの？

ドッペルプンクト　おめでとうだな！　この馬鹿者めが！　だいたいおまえは建築現場へ行っていたのかね？

スースロフ　もちろん、行っていましたとも。ですが、現場監督の野郎がとんだ役立たずでして……

ユーリヤ　嘘よ。一度も行ってなかったわ。彼にはそんな暇ないものね。
ドッペルプンクト　おまえなんか鞭打ちの刑に処されるべきだ……しかしなんという連中かね？　退屈するばかりで、何ひとつしようとはせん！
スースロフ　分かりましたよ。それではピストル自殺でもやらかしてみましょうか。そうすれば、おれも何かはやったということですね。
リューミン　あなたは絶対に自殺なんてしませんよ。
スースロフ　でもひょっとしたら。突然に……バーンってな！
マーリヤ・リヴォーヴナ　それで、ピョートル・イヴァーノヴィチ、下敷きになった人たちは一体どうなったのです？
ヴァルヴァーラ　死んだのね？
スースロフ　知るかよ……明日、現地へ行くんだからな。
ヴラース　何て恥知らずなんだ！
スースロフ　うるさい、青二才は黙ってろ！
ヴァルヴァーラ　ああ、わたしたちはなんていい加減な人間なんでしょう。どれだけ鈍感で、いい加減なのかしら。（マーリヤ・リヴォーヴナに向かって）ときどきわたしは、あらゆる感情が自分のなかで麻痺してしまったような気がします。理性だけがまだ、わたしは生きているって教えてくれるの。
ザムイスロフ　ぼくらはみんな複雑な人間なのです、ヴァルヴァーラ・ミハーイロヴナ。ぼくらが真っ先に理性的な人間であるからこそ、ぼくらには多層的な心理が備わっています。ですが、この心理の複雑さこそ常に、この国の指導層であるインテリゲンチャの特徴となってきたのです……

ヴァルヴァーラ　インテリですって？　わたしたちはそんなご大層なものではありませんわ！　もっと別なものよ。わたしたちは自分たちの祖国に避暑に訪れている人びと……わたしたちはどこにも居場所を持たないよそ者なのよ……あちこち駆けずりまわっては、どこでもちっぽけな成功に追いすがっている……わたしたちは何ひとつしようとはせず、ただうんざりするほどたくさんしゃべりまくっているだけ。

バーソフ　きみ自身が、きみの言葉の正当性をもっともよく証明しているな。

ヴァルヴァーラ　それにわたしたちの話は嘘であふれ返っています。わたしたちは、精神の貧弱さをお互いに隠そうとして、自分たちの言葉を美辞麗句や本で読んだ安っぽい知識で飾りたてるのです。いつも生活の悲劇性について語りながら、生活をまるで知りません。わたしたちはただ嘆き、愚痴をこぼし、うめいてばかりいるのです……

リューミン　おお、ヴァーリャ、嘆き悲しむ人間の誠実さを疑わないでください……一体あなたは、ぼくに自分のため息を押し殺すことで窒息死してほしいのですか？

ヴァルヴァーラ　でもわたしたちはもうみんな十分にため息をついてきましたわ、パーヴェル・セルゲーエヴィチ。今こそは黙っている勇気を見出さなければなりません。だって満足しているときには、わたしたちは簡単に口をつぐむでしょう。ささやかな幸福は誰だって自分ひとりで味わうくせに、心配事やちっぽけな心の擦り傷があるともう、わたしたちは通りへ飛び出して、みんなに自分の苦しみをさらけ出しているのです。わたしたちは、ゴミを通りへ投げ捨てて町じゅうの空気を汚しているのと同じように、自分たちの心の汚れを他の人びとの足許に投げ捨てているわけです。わたしには何百、何千もの健康な人たちが、わたしたちの泣き言やため息で毒されて、間違いなく病気になっているような気がします。しかしわたしたちの誰ひとりとして、自分たちの膿《うみ》を開いてみせて、他の人びとを不快にさせ、苦しめる権利なんてないのです[54]。

ヴラース　ブラボー、ヴァーリャ！

ドッペルプンクト　じつに聡明な女性じゃな！

リューミン　もう一言だけぼくにも言わせてください。どうか許可を願います——これをぼくの最後の言葉としますので……

カレーリヤ　黙っている勇気を持つべきですわ。

オーリガ　なんて鋭く一気に語るんでしょう、それになんて大胆なのかしら！　ふう——！[★10]

バーソフ　まるで『聖書』の「バラムとロバ」だな。鈍重なロバですら、最後にはとうとう……

75

バーソフは自分の口を両手でふさぎ、あたりを見回す。全員が硬直してしまう。

プストバーイカとクロピールキンが見張りの巡回をしている。

クロピールキン　あいつら一体なにやってんだ？
プストバーイカ　ケンカしてんだよ、メシの前はいつもケンカさ。
クロピールキン　でもみんなたっぷり食えるわけだろ。だったらケンカの必要ないじゃねえか。
プストバーイカ　メシのことでケンカしてんじゃねえ、メシの前だからケンカしてんだ。
クロピールキン　おい、おい、おい——じゃあ、メシの最中はどうしてんだ？
プストバーイカ　メシの最中はメシを食ってるさ。
クロピールキン　なるほどな、よく分かったぜ。じゃあおれたちと一緒だな。でもメシの前にケンカしたって、何のタシにもなんねえし、無意味じゃねえかな——
プストバーイカ　もうそのへんにしときな。こんなのはどっちみち、たいしたことじゃねえよ。そんな態度はよしな。
クロピールキン　おれは何もしてねえよ。何かしたっていうのかい？
プストバーイカ　何もしちゃいねえさ。馬鹿ばっかり言ってるだけさ。
クロピールキン　お前ほどじゃねえよ。
プストバーイカ　黙ってな。
クロピールキン　うるせえ。（彼らは先へ進んでいく）

76

硬直状態が解けはじめる。

ヴァルヴァーラ　どうやらわたしは、何かひどいことを言ってしまったようですね……わたしはきっと失礼な態度をとったのでしょう……皆さんのご様子が、とても変ですわ。

ヴラース　姉さんの態度は失礼じゃなかったよ……

マーリヤ・リヴォーヴナ　ヴラース、およしなさい――（彼女はヴァーリャの手をとる）ヴァーリャはとても正しいことを言ってくれたと思います。わたしたちは今までとはまったく違う人間になるべきです、そうですとも。わたしたちはみんな――いったい何者なのでしょうか？　洗濯婦や料理女、労働者たちの子供です。それなのに、わたしたちは何をしていますか？　退屈であきあきして死んでいるも同然……そんなことではいけないはずです。わが国にはこれまで、人民大衆から生まれた教養ある人びとは、そんなに多くはいませんでした。この人たちが、来る日も来る日も身を粉にして働いて、暗闇と汚物のなかで窒息してしまいそうなのを、わたしたちは忘れてしまったのでしょうか――彼らこそ、わたしたちの血縁者なのです！　わたしたちは血と肉とで民衆に結びついており、この血縁性は今も生き生きとわたしたちのなかに残っているに違いありません。彼ら民衆の手助けをし、彼らの閉鎖的な生活を解放し、改革し、明るくしようという、まったく当然の欲求をわたしたちは感じざるを得ないのです。そうですとも、彼らを支えてやらねばなりません、でも同情からそうするのでなく、彼らがかわいそうだからでもありません――、わたしたち自身のためにもそうする必要があるのです！　このいまいましい死ぬほどの孤独感のなかで硬直してしまわないためにも、もうこれ以上、わたしたちを民衆から隔てている深淵を前にしてめまいを感じてしまわないためにも、ぜひそうすべきなのです——わたしたちは、こんな上方で自分たちの賢明な認識という冷たい曇りなき高みに立っていて、その一方で民衆たちは、息苦しい底辺のなかで、まるで彼らの仕事を搾取して生きている敵でも見るように、わたしたちの姿を見上げているのですから。人民階層の人たちがわたしたちを先頭に立てたのは、わたしたちが彼らのためによりよい生活への道を見出してやるためなのです。ところがわたしたちは彼らから離れて、彼らを見失ってしまいました。そして神経症に襲われて、精神の分裂に苦しむ自分たち自身の姿をひたすら観察するだけの孤独のなかへと迷い込んでしまったのです。ええ、これがわたしたちの心のドラマのすべての原因だと思います。でも自分たちで招いたことですから、わたしたちがいま苦しんでいるのは、ぜんぶ自分たちの責任なのです。わたしたちには不満を述べる権利なんてありません、そうよね、ヴァーリヤ、あえぐ権利などありませんし、そもそも権利なんてないのです(55)……

シャリーモフ　終わりましたか、マーリヤ・リヴォーヴナ？

マーリヤ・リヴォーヴナ　ええ。

ドゥダコーフ　そう……そうですとも。そのとおりです。それが真実なのです。

オーリガ　口を挟まないで、キリール……あなた、ちゃんと聞いていたの？　あのバーソフったら、なんてとんまなラクダ野郎でしょうね！

ドゥダコーフ　バーソフだって？　なんでバーソフが出てくるんだ？　ああ、いま何が問題なのか、お前はまるで分かっちゃいないな。

オーリガ　しいっ！　もちろん分かっているわよ。ヴァルヴァーラが辛らつなことを言ったので、バーソフが彼女のことをロバ呼ばわりしたのよ。

ドゥダコーフ　なんとまあ、無作法な男だ。

オーリガ　いいえ、あれで正解なのよ。ヴァルヴァーラはひどく傲慢になっていたわ。

シャリーモフ　カレーリヤ、少し詩を朗読してくださいませんか？　ささやかな詩情が今、ぼくら全員に必要だと思うのですが……

リューミン　ごもっともです。

ドゥダコーフ　きみは家へ帰ったほうがいい、オーリガ。

オーリガ　いやよ。もう少しここにいるわ。カレーリヤが詩を朗読するところなの。

ザムイスロフ　ピアノで伴奏してもよろしいかな？

カレーリヤ　あたしは朗読の準備なんてまったくしてないわ[56]。それに、急にあたしの詩に興味を持つなんて、本当に誠実だとは思えない。これならやらないほうがマシだわ。

バーソフ　さあ早く読んでくれ！　気取る必要はない！

カレーリヤ　嫌よ！

ヴラース　皆さま！　それではこの私めが自分の作品集から何か朗読いたしましょう。詩によって人びとの頭をひねるのが、どれほど容易で簡単なことか、あなたがたにお見せしたいのです。それでは皆さま、どうかご静聴のほどを。

マーリヤ・リヴォーヴナ　ヴラース、お願い！　道化役者を演じるのはもうやめにして！

ドッペルプンクト　やってみろ、若いの！

ヴァルヴァーラ　どうしてもやらなきゃダメなの、ヴラース？

ザムイスロフ　もちろんです。面白いなら、絶対にやるべきです。
ヴラース
ちっぽけなヘドの出そうな腰抜けどもが
わが祖国の紋章の下で暮らし、
そこかしこに身を隠せる場所を捜し求めて、
生活におびえて逃げ出そうとする。
この連中は平穏無事な役職にそっと就いては、
夕方になると憂鬱でいたがるのだ。
借り物の思想を武器に、見栄を張って空威張り、
いつも同じ流行の美辞麗句を並べ立てる。
満腹と安泰だけが、彼らの人生目標、
ぐっすり眠れないが、金だけはたっぷり稼ぐ。
彼らがひっきりなしに嘆き悲しむ声が聞こえる、
臆病なごろつき連中どもめ、こんなやつらはお払い箱だ。
ドゥダコーフ　ああ、これはまったく的をついていますよ！　分かるでしょう、これこそは、まったく恐るべき真実なのです！
ユーリヤ　そのとおりね、ブラボー、気に入ったわ。
ドッペルプンクト　やあ、あいつはわしらにガツンと一発食らわせおったわい！　ああ、お前さん、よくやった！

カレーリヤ　どうすればあんなに悪意を込められるの、なんで？　どうして？

シャリーモフ　きみには気に入ったかい、セルゲーイ？

バーソフ　ぼくかい？　うんまあ、よかったんじゃないか。だけど……韻律に関しては不正確じゃなかったかい？　でも冗談で作った詩にしてはね――

ユーリヤ　（シャリーモフに向かって）あなたは本心を隠すのがお上手ですわね！

ザムイスロフ　冗談で作ったにしては、少々まじめすぎましたな。

スースロフ　さて、今度は腰抜けのおれにも、この……すまないが、この種の詩をなんて呼んだらいいか、分からないんだ――この作品に意見してもよろしいかな[57]……しかもきみのインスピレーションの源泉になった――マーリヤ・リヴォーヴナ、おれはあんたに直接、質問してみたい。

マーリヤ・リヴォーヴナ　わたしにですか？　おかしな話ね。ええ、お伺いしますわ。

ヴラース　下品なマネはすんじゃねえぞ！

ユーリヤ　彼には下品なことしかできないわよ！

スースロフ　なあ、マーリヤ・リヴォーヴナ、あんたはいわゆる社会参加の女性だ。どこかで何らかの秘密の仕事に携わっているのかもしれん、何か英雄的で、時代を画するような仕事にな。だがいずれにしても、このおれには何の関係もない。明らかにあんたは偉大な歴史的活動をしているからって、他の連中は見下し、やることなすことにいちいちケチをつけてもよい権利が自分には与えられていると、思い込んでいるようだな。あらゆる人に影響力を及ぼそうとして、あんたはやきもきしているんだろう――

マーリヤ・リヴォーヴナ　くだらない。それは違いますわ。
スースロフ　じゃあ、このみじめな若造に何をしでかした？
ヴラース　そんなのおまえに関係ないだろ！
スースロフ　黙ってろ、ひよっこめ、おとなしくしてるんだ。今日という今日まで、おれはおまえらの恥知らずな言動を、黙って見過ごしてきてやったんだ。おれはあんたに言ってやりたいのさ、尊敬するマーリヤ・リヴォーヴナ、もしおれたちがあんたの気に入るような生き方をしていないとしたら、それにはおれたちなりの理由ってもんがあるんだ。おれたちはみんな小市民のせがれさ、貧乏人のガキとして生まれ育ったんだ。若い頃はおれたちだって、お腹を空かせて反抗してきたさ。だから中年になった今となっては、おいしいものをたらふく食べて、飲んで、のんびりしようって態度を重視するのは、当たり前のことなんだ……
シャリーモフ　申し訳ありませんが――その「おれたち」ってのは、誰のことです？
スースロフ　おれたちってのは、あんたにおれ、彼と彼、だからおれたち全員のことさ……何はさておき、おれたちはまず人間なんだ、尊敬するマーリヤ・リヴォーヴナ、そしてその後に他のくだらないことがみんな続いてくんだ。いずれにしても、あんたがおれたちを罵倒して、若者をけしかけたとしても、おれたちのうちからは、あんたの社会理念なんぞに共鳴する者なんてただの一人も出て来はしないよ。
ドゥダコーフ　なんというシニカルな言動だ！　もうその辺でおよしなさい！
スースロフ　分かった、それじゃおれ一人のために言ってやるさ。おれは平均的な人間なんだ、マーリヤ・リヴォーヴナ、俗物市民でそれ以外の何者でもないさ。あんたにははっきり言っておくが、おれは俗物市民でいるのが気に入っているんだ。おれは生きたいように生きてやるさ。あんたの戯言《たわごと》や、アピール……それに理想なんてのは、クソッ喰らえさ！

ヴラース　（頭を抱えこむ）ちくしょう！　もうどうにでもなれだ！

リューミン　分かったでしょう、真実を耳にするのが、どれほど恐ろしいか、あなたもこれでご覧になったでしょう！

ユーリヤ　あらまあ、あんなのただのヒステリーよ。ところで親愛なるマーリヤ・リヴォーヴナ、彼はあなたを侮辱したのですね？

マーリヤ・リヴォーヴナ　いいえ。彼は自分自身を侮辱したのだと思います。

ドッペルプンクト　いや、皆さんの関係ときたらまったくむちゃくちゃですな、そう言わざるをえませんよ。本当にひどい！

ザムイスロフ　あなたには、ひどくこたえたのではないですか？

ユーリヤ　いいえ、全然。

ザムイスロフ　残念、残念——これではウクライナ産のソーセージは諦めなくてはなりませんな。

ドゥダコーフ　これは、おできが潰れたのです！　心のなかの腫れ物が出てきたんですよ！　膿《うみ》を出さなきゃならなかった。わたしらの誰にだって、その用意はできている……毒素は一度、外に出してやる必要があるのです。

オーリガ　ああ、キリール、わたしたちふたりは強く結束する必要があるわ。ここにいると、本当に危険だわ——

ドゥダコーフ　おまえにはもう、家に帰っていてほしかった。
オーリガ　すぐ帰るわ。でもきっとまだ、何か起こるわね。ねえ見て、ヴァルヴァーラったら、顔が真っ青になっているわ――
シャリーモフ　（カレーリヤに向かって）楽しんでますか？
カレーリヤ　あたしには耐えきれない……見えますか、至るところで蔓が泥沼から延びてきて――それがあたしを絞め殺そうとしているの！
リューミン　（ヴァルヴァーラに向かって）ヴァルヴァーラ・ミハーイロヴナ、低俗で情容赦ない今の言葉の嵐が、ぼくの心を打ち砕いてしまいました……もうダメです……ぼくは行かなくてはなりません……あなたと一緒に静かな夕べを――ぼくの最後の夕べをここで過ごすつもりでしたが……ぼくはこれからこの地を永遠に去ります。どうかお元気で！
ヴァルヴァーラ　（彼の言葉を聞き流している）わたしが今、なにを考えているか、お分かりですか？あなたがた他の人たちよりも、むしろスースロフのほうが誠実だと考えているんです。ええ、誠実ですわ。たしかに彼は恥知らずな言動をしました、けれども仮借のない真実を口にしたのです……
リューミン　あなたの最後の言葉がそれですね？　それ以上のことは何も言ってくださらない……あぁ！（彼は庭へ走り去る）
バーソフ　ねえ、きみ、輝かしい成果をあげたね。でも、今から謝罪すべきじゃないかね？
ヴラース　何で？　ぼくが？　謝罪するって――彼らにですか？
バーソフ　ほかに誰がいるんだね？　大丈夫さ、冗談を言ってふざけただけです、こう言えばいいんだ……みんなきみが喜劇役者だって、知っているからな。
ヴラース　くたばっちまいな！　あんたこそ喜劇役者だよ、へたれ道化師はあんたさ！
バーソフ　貴様、何さまのつもりだ、青二才のくせに!?
ヴァルヴァーラ　セルゲーイ、お願いよ！　ねえヴラース！
バーソフ　こんな鼻たれ小僧から道化師呼ばわりされる筋合いはない。
ヴラース　ぼくだって姉さんに遠慮して言いたいことを我慢してるだけだ……
マーリヤ・リヴォーヴナ　ヴラース、落ち着いて！
バーソフ　ははははは。もうたくさんだ(58)……
ヴラース　悪党め！

つかみ合いのケンカになる。テーブルがひっくり返る。

サーシャ　(やって来る)食事をお出ししましょうか?
ヴァルヴァーラ　あっちへ行って、サーシャ、お願い、出て行って！
サーシャ　食事をお出しした方が、よろしいんじゃないですか。セルゲーイもご馳走を見れば、きっとまた落ち着きを取り戻しますよ。

森のなかから銃声が聞こえる。

ザムイスロフ　（サーシャに向かって）こっちへいらしてください。もう一度テーブルを並べ直すのです。
サーシャ　セルゲーイったら、お馬鹿さんね、あんたに食事を運んであげようかい？
バーソフ　聞くな、ぼくに質問するんじゃない。ここではぼくが何か言う必要なんてない、ここはぼくが所有する別荘なんだからな！
シャリーモフ　そう興奮するなよ、年取った若造め。少しは哲学的に考えてくれよ。
バーソフ　もう頭に来てるんだ。厚かましい鼻たれ小僧のくせしやがって、あいつ。

77

バーソフ、シャリーモフ、スースロフが後ろのテーブルに下がってくる。(59)

スースロフ　きみにはすまないことをしたと思っている。さっきはまったく気持ちが抑えられなかった……しかしあの女の姿が、おれをあんな風に逆上させちまったんだ。
バーソフ　分かる、とってもよく分かるよ。人間というのは思いやりがなくてはならん、でないと人間とはいえないさ。
シャリーモフ　もっともあなたの性格研究も、ちょっとやりすぎでしたがね――
バーソフ　もういいだろう。ぼくは彼が言った言葉すべてに賛成さ。それにあの魅力的なご婦人のことで言えば、ぼくだってそりゃ彼女が一番……
スースロフ　女ってのは――気取り屋だからな！　でもあんなに気取った猿芝居なんて昔はなかった

バーソフ　そうさ、女と仲良く暮らすのは、残念だけど簡単じゃないからね。はずだぜ。だから誰かがキレたとしても、本当に驚くには当たらないよ！

ヴァルヴァーラとマーリヤ・リヴォーヴナが気づかれないようにそこへやって来て、男たちの話を聞いている。

シャリーモフ　女性とは、無垢で野生的な生き物です。ですから彼女たちは念入りに教育してやらねばなりません。話の仕方や、振舞い方を少しずつ仕込んでやる必要がありますな……

バーソフ　そう、きみの言うとおりさ。女というのは根本的に、ぼくら男よりもむしろ動物に近いんだ。だから女を立派な女性にしようと思ったら、男は穏やかだが、強力な、そして腕力において美しい、抗いがたく美しい専制政治を敷く必要があるのさ。

スースロフ　いや、今以上に頻繁に女を妊娠させてやればいいんだ。そうすりゃ彼女らもしっかりと男の手中におさまるというわけだ。

ヴァルヴァーラ　なんて汚らわしい！……あなたがたは豚も同然よ！

バーソフ　一体どうしたね？　なあ、ピョートル、今のはさすがに言いすぎだったかもしれないな……

マーリヤ・リヴォーヴナ　ヴァーリャ、出発しましょう。こんなところからは立ち去るのです。

バーソフ　ピョートル！　きみはちょっと魔が差したみたいだな。あんなことを無用心にしゃべるだなんてな！

シャリーモフ　明日ぼくはここを発つよ。少し寒くなってきたな、湿気もある。

78

プストバーイカとクロピールキンがリューミンを引きずってくる。彼はテーブルの上に寝かされる。マーリヤ・リヴォーヴナとドゥダコーフが彼の傷を手当てしている。

リューミン　医者を、医者を呼んでくれ——お願いだから、急いでください！
カレーリヤ　怪我をしたのね？　誰がこんなことしたのよ？
プストバーイカ　このへんで誰が人を傷つけるっていうんですかい？　この人が自分でやったんでさあ。
リューミン　お恥ずかしい——お恥ずかしいかぎりですよ。どうか許してください……もっと上手にやるべきだったんです。ですが人間には小さな心臓しかありませんし、それが興奮して脈打っているときに、精確に命中させるなんて容易なことではありませんからね。
マーリヤ・リヴォーヴナ　でも、そんなにひどくはないですわ。骨には達してないようですしね。
ドゥダコーフ　どうして腕なんかを撃つのですか？　もし本気でやるなら、こっちですよ、左胸を狙うか、頭骸骨をやらなきゃなりませんね。
リューミン　生きることに失敗して、死ぬことにも失敗しました……ぼくは惨めな人間です。
ユーリヤ　その通りよね。

ザムイスロフ　哀しきヴォードヴィルだな。★11

リューミン　（ヴァルヴァーラに向かって）どうか手を与えてください。ぼくはあなたを愛しています

——あなたなしでは生きていけないのです。

ヴラース　へっ、あんたの愛なんてクソッ喰らえさ！

カレーリヤ　どうして死んでいく人の顔を殴りつけるなんて真似ができるの(60)!?

バーソフ　きみの部屋へ運んでやろうよ、な、ヴァーリャ？

リューミン　その必要はありません。ぼくは歩けます。

バーソフ　そうかい？　それはよかった。

プストバーイカ　（ドッペルプンクトに向かって）じつは、あの方を見つけてきたのは、おいらでしてな

——

ドッペルプンクト　（彼に金をやる）とっとと失せな、この——下司野郎め。

カレーリヤ　彼は死んでしまうのね。できれば、あたしが代わってあげたかった。

シャリーモフ　（ヴァルヴァーラに向かって）心苦しい事件ですね？……どうか勘弁してください、ぼくはただ——あなたはちょうど偶然に聞いてしまったのです——

ヴァルヴァーラ　何も言わないでください。不愉快です。弁解など一言も聞きたくありません。わたしはあなたがたが大嫌いです……

ヴラース　やめなよ、姉さん、あとはぼくに言わせて——顔の上に偽りのしかめっ面を浮かべたあんたたち——ぼくは誓うぞ、ぼくが生きている限り、必ずやその仮面を引っぺがしてやるってな、その裏にあんたらは嘘と俗悪さを隠してやがる、冷たい心に空っぽの頭をな(61)！

マーリヤ・リヴォーヴナ　ヴラース、よしなさい、無駄ですから！
ヴァルヴァーラ　いいえ。この方々にわたしの言い分を聞いてもらいたい。今ここですべてを、何もかもを語る権利のために、これまで高価な代償を支払ってきたのですから！　この人たちはわたしの人生をめちゃくちゃにしました、わたしを抹殺したのです……以前のわたしは別人ではなかったかしら？　わたしにはもう力がありません、生きてゆくための気力すらわたしにはもう残っていません……昔のわたしは、こんな人間だったかしら[62]？
ユーリヤ　そうね、あたしもよく考えてみる必要があるわ――昔のあたしは、こんな人間だったかしらね？
バーソフ　もういいだろう、ヴァーリャ。一体どうしたっていうんだ？　みんなこのリューミンが悪いんだ、この馬鹿のせいさ！
ヴァルヴァーラ　もうわたしに構わないで！
バーソフ　そんな、友達だろ――
ヴァルヴァーラ　わたしがあなたの友達だったことはないし、あなたがわたしの友達だったこともないわ。わたしたちはずっと、ただの男と女だったのよ。そして今ではもうお互いを必要としてもいない。わたしたちは他人同士なのよ……わたしはここを出ていくわ。
バーソフ　一体どこへさ？　恥を知れよ、ヴァーリャ。こんなに大勢の人前でさ、そんなことを堂々とだね――
ヴァルヴァーラ　わたしは出ていくわ。わたしは生きたいのよ。何かをやってやるわ！　あなたがたに逆らって！

ドッペルプンクト　（バーソフに向かって）あんたはとんだやくざ者じゃな。だが、あんたには分かるまい……
カレーリヤ　これは一体どういうこと？　いま何が起きているのよ？
マーリヤ・リヴォーヴナ　一緒にいらっしゃい。わたしを支えてちょうだい。
ヴラース　ぼくらと一緒においでよ、カレーリヤ、さあ、来るんだ。
カレーリヤ　どこへ行くの？　一体どこへ？

カレーリヤ、ヴラース、ドッペルプンクト、マーリヤ・リヴォーヴナはヴァルヴァーラを支持する。彼らは出発する。

ユーリヤ　あたしも行ってしまえればいいのに。ここを出ていけたら。
ドゥダコーフ　さあおいで、オーリガ、帰るとしよう。
オーリガ　彼は死んでしまうの？
ドゥダコーフ　いいや。誰も死にはしないよ。（彼らは立ち去る）
バーソフ　助けてくれよ――みんなで頭がおかしくなってしまった……
シャリーモフ　どうしろっていうんだ？　きみ、落ち着いてくれよ。まあ座って。
バーソフ　きみは彼らが本気じゃないと思っているのかい、え？　どうして笑ってられるんだ？
ユーリヤ　さあ、ピョートル、もう少しあたしたちの生活を続けましょうか？　こっちへ来なさいよ
――

彼らは立ち去る。転倒したテーブルのあいだにバーソフとシャリーモフが座っている。彼らだけが後に残される。

シャリーモフ　こんなのは全部つまらないことさ――人間とそれをめぐる事件はすべて、とるに足らないことなのさ……さあ、ワインを注《つ》いでくれないか……すべてはまったくどうでもいいことなんだよ、きみ(63)★12。

終わり

使用テクスト

翻訳の底本には、劇団シャウビューネの上演パンフレット『ゴーリキーに拠る避暑に訪れた人びと』(Sommergäste nach Gorki. Programmheft der Schaubühne am Halleschen Ufer. Berlin 1974) を使用した。これは現在、ボートー・シュトラウスの『演劇作品集』第1巻 (Botho Strauß: Theaterstücke I. München/Wien. Carl Hanser Verlag. 1991, S. 221-310.) に収録されているので、こちらも合わせて利用した。またゴーリキーの原作『別荘人種』に関しては、レクラム文庫から出版されているヘレーネ・イメンデルファーのドイツ語訳 (Maxim Gorki: Sommergäste. Szenen. Übersetzt von Helene Imendörfer. Stuttgart. Reclam Verlag 1975)、および中島とみ子氏による邦訳『ゴーリキー戯曲集』第1巻、早稲田大学出版部、一九七二年、一七七〜二八六頁を適宜、参照させていただいた。とくにロシア語の人名表記などは、中島とみ子氏の邦訳に多くを負っている。

注

（1）晩夏の午後なので静寂にして怠惰、会話も物憂げな調子である。

（2）高名な作家が客人である。どう彼と話せばよいのか？

（3）この支配人と『復活』読書の逸話は、改作版に際して、創作されたものである。これは、何も説明せず、何も変えることのないような無駄話を、誰かが語るかもしれないという必要性から書き加えられた。

（4）「避暑に訪れた人びと（Sommergäste）」は原題「別荘人種（Datschniki）」の正確な直訳ではない。避暑地や休暇が問題ではないからだ。職業生活が営まれてはいるが、夏になると戸外で、別荘居留地で暮らすのだ。邸宅がずらりと立ち並んでおり、孤独な感じではない。むしろキャンプ生活のように自然を享受するのである。

（5）ドッペルプンクト（＝文法のコロン）という名を持つ年配の紳士。かつての工場所有者だが、好感の持てる資本家である。ゴーリキー時代の著名なモデルが企業家モロゾフであった。彼はとりわけ、自分の資産でボルシェヴィキの政党を支援した。

（6）退屈したとき、避暑に訪れた人びとには何ができるだろうか？　戯曲中には趣味道楽や社交づきあいが頻出する。例えば、喫茶、絵画、読書、ピアノ演奏、アマチュア芝居、ピクニック、チェス、釣り、歌、水泳などである。

（7）市立病院の医師ドゥダコーフは、折り合うことのできぬ人物なのだ、家族に対しても、仕事に対しても。彼は教育困難な子供たちのために共同で施設を創設している。――これと同様にゴーリキーとチェーホフは、農民のための学校や病院に資金援助をした。「人民のなかへ」――ロシアのインテリ達による社会事業は、綱領に基づいた性質を帯びていた。

(8) 弁護士バーソフは裕福な男である。彼は大いに出世を重ね、そのためにはペテンを働くことも厭わなかった。ゴーリキー原作の初稿では、彼のいかがわしい商談や悪巧みに話の重点が置かれていたが、後の改稿では、このモティーフについては断片的な暗示が残されたのみである。

(9) 「言い争いの場面」――マーリヤ・リヴォーヴナは文学とアンガージュマン(＝社会参加)に関する自らの見解を弁護する。この場面は、このような形式では原作に存在していない。原作では彼女との論争は、たいていは間接的に示されるだけである。それに対し改作版では、マーリヤ・リヴォーヴナにとって何がスキャンダラスに見えるのかを明示するほうが、魅力的であるように思われた。

(10) マーリヤ・リヴォーヴナは青踏派ではないし、冷淡な狂信家でもない。彼女の議論は毅然としてはいるが、どこかに心の怯えが感じられる。それが、彼女の確信は人生経験から生み出されたものであり、決して受け売りのおしゃべりなどではないことを、垣間見せている。

(11) 探し求めるように語るヴァルヴァーラの様子……普段とはまるで異なるマーリヤ・リヴォーヴナの話し方に彼女は魅了され、感情的に好意を寄せてゆくことになるが、それが同時に啓蒙への道筋ともなる。そして啓蒙にこそ、この作品が約束する世界は存在する。すなわち、愛し合うこと、そして政治的理性に目醒めることである。この両者は、同一のプロセスを辿らねばならないだろう。

(12) 耳障りな政治的用語を古臭いお説教として片付けようとするのは、明らかに保守的な小市民社会のトポスである。一九〇〇年当時のロシアにおける革命的スローガンでは、とっくに挫折していたナロードニキ運動のジャルゴン(＝隠語)を、とりわけ再活性化しようと努めていた。

(13) ヴァルヴァーラは一七歳のとき詩人シャリーモフに夢中になっている。彼は彼女にとって最大の慰めであり、唯一の希望であったのだ……当時のロシアでは、数人の詩人に対して信じがたいほどの熱狂があったことを知るときに、初めて理解できるエピソードである。ゴーリキー自身、『どん底』の成功の後、一夜にしてスター作家になったことを驚嘆しつつ確認しなければならなかった。

(14) ソビエト映画『避暑に訪れた人びと』(原題『別荘人種』)では、ヴラース役はゴーリキーの仮面をつけて演じられた。結局、荒々しく詠まれた詩の朗読に際してヴラースは、いわば原作者の名において、しかめっ面した小市民たちへの侮蔑と嘲笑をぶつけるのである。

(15) カレーリヤは詩的に見る目を持っている。彼女は、ある人物の内面を直接、感覚的な姿において捉える。カレーリヤにはこれしかできない。

(16) オーリガの自己嫌悪は、気遣いや思いやりを求める最大限の懇願であると同時に、あらゆる結び付きを破壊する確実な手段でもある。このような人物が自分自身に感じている嫌悪感は、最終的には否応なく、周囲に撒き散らされることになるのだ。

(17) ザムイスロフは多才な男である。例えば彼は余暇の達人にして、アマチュア芝居の演出家、また愛人であり、バーソフの弁護士事務所では共同経営者を務めている。そして同事務所ではなかんずく、策謀や不正取引に関与しているのだ。

(18) この芝居としばらく取り組んだ後に、以下の強い要求が芽生えてくる。すなわち、相互に対立した登場人物たちが突如として、恋愛めいた事柄、友愛的な事柄を求め始めるのだ。狭量で下劣なもの、醜悪で低俗なものが、ときに決定的な作用を及ぼすのである。

(19) マーリヤ・リヴォーヴナの娘は、ゴーリキー原作では寄宿舎にいるのでなく、作品のなかに登場してくる。彼女はソーニャと言い、一八歳、啓蒙的な児童教育の例証になっている――彼女は実の母親に対して強調された友人関係を築いているのである。さてゴーリキーは、肯定的で模範となるような人物をもっともらしく創造するために、常に多大な労力を払っていた。このソーニャの場合も、耐え難いほどに生意気な単なるおてんば娘になっていて、他の人物に比べて自立性を兼ね備えた人物とは言えない。同様のことは、単なるエピソードとして描出される彼女の恋人ジミーンについても言える。この二人の役柄は、改作版ではカットしてある。

(20) ヴラースに関する問題。彼の不自然な冗談は、特別面白いわけではない。二五歳の冗談にしては、かなり馬鹿げており、幼稚である。同様に、ヴラースの「傷つきやすさ」には――「粗野な外観に繊細な中身」なのだから――多分に紋切型が入り込んでいる。この改作版では、ヴラースが周囲から不興を買っている生意気なナルシシズムを、彼自身を脅かし、危険にさらす異常な興奮状態として真剣に受け止めようとした。このようなナルシシズムが、予測のつかない、常に待ち構えているスキャンダルに繋がるからだ。

(21) シャリーモフは、詩人にしては、恐ろしく間抜けな事柄を口にする。彼は文章のほうも薄っぺらいのか？　たぶん、そうではないだろう。彼は「社交的に」話しているのであって、愛想よく口にできる言葉など本当はすべて嫌っているのだ。自分を隠して、目立たなくしたいという願望が、このような見え透いた、何を言いたいのかはっきりしない雑談調にしているのだろう。

(22) 第二幕でゴーリキーは、この時点までに作品中に登場した一連の人物のグループに対して、数名の見知らぬ、奇妙な人びとを交差させる。芝居の上演を準備するために急いでやって来るアマチュア俳優たちや、近隣の別荘に居住する人びとである。これは、この幕の激しい登場と退場のドラマトゥルギーを特徴づける、非常に魅力的な介入となっている。大いに演じてみたい気持ちになるだろう。しかしこの改作版には――このドラマトゥルギーはどこかそぐわない。なぜなら、ここではゴーリキー原作とは異なって、一連の人物は最初から閉じたスタイルで提示され、最後まで結び合わさったままだからである。

(23) 伴奏つきの朗読（Melodeklamation）とは、朗読術の廃れてしまった一ジャンルである。ゴーリキーは、彼女の詩の基盤として、おそらくは自らの初期の詩のひとつを用いたのだ。それゆえに音の調べは、粗訳で読んでみても、悪ふざけにはまったく似つかわしくない。しかしながら、ゴーリキーが自らを挫折した抒情詩人として回顧しているだけの才能の疑惑は感じられる。いずれにしてもこの詩は、一九一一年になっても、伴奏つきの歌としてロシアのコンサートホールで朗読されていた。

(24) 批判的に描出される夫婦関係のなかでも、スースロフとその妻ユーリヤとの間柄が、もっとも絶望的なものである。憎しみと潰したい欲望のなかで出口のない依存関係を形成している。

(25) 夕方、別荘の室内にて。ヴァルヴァーラは灯油ランプの明かりで読書をしている。彼女の夫バーソフと弟ヴラースは隣室で仕事をしている。心から腹を割った内輪同士での感情……

(26) ゴーリキー原作では、バーソフとその妻ヴァルヴァーラを描くこの場面から戯曲は始まる。しかし後になってこの場面が登場する改作版では、両者のあいだですでに多くの事件が起きている。ゆえにこの場面は、原作とは少し異なる方向づけになった。バーソフは、本当は妻とゆっくり話がしたいのだが、そうはならないのだ。こうして、お互いに対する不信感が芽生えてゆく。

(27) バーソフは、そう見えるほど鈍感な男ではない。彼のおしゃべりは、相手に接近するための方法である。バーソフは妻ヴァルヴァーラに対し恐怖心を抱いており、話をすることで自分を守っている。

(28) ヴァルヴァーラの箴言の多くは、恐ろしく冷酷で高慢ちき、良家の子女の偏狭な道徳観念に基づいて唱えられている。

(29) ヴァルヴァーラにとってリューミンはどのような存在なのか？　彼女は彼を愛してないし、特別に尊敬しているわけでもない。しかし彼がそばに居ることには同意している。たぶんヴァルヴァーラは、崇拝され、愛されると同時に、常に拒絶する態度を示せるこの状況を少し楽しんでいるのだろう。こうしたことは、彼女の属す社会的身分の慣習なのであって、彼女はこれに関与するどころか、模範的に従ってさえもいる。こうした慣習がヴァルヴァーラにとってはなお拠り所になっているのだ。

(30) オーリガからのヴァルヴァーラの決定的離反と、同時に彼女のマーリヤ・リヴォーヴナへの接近は、この人間関係の集団のなかで重大な変化を意味しよう。状況は少しずつ進展してゆき、最初そうだったように何も留まりはしない。

(31) リヴォーヴナとヴラースとヴァルヴァーラ――この三者によって愛と抵抗の同盟は結ばれる。

(32) 森の草地にて。緑のなかで過ごした一日が終わる……バーソフとシャリーモフの歓談は、ゴーリキー原作では二人が第二幕の冒頭で交わす詳細な対話のなかに置かれている。しかし改作版では、その部分から「新しい読者」に関する対話だけを外して、原作ではシャリーモフ像の影が少し薄く感じられる第三幕に組み込むことにした。

(33) ヴァルヴァーラの少女時代は、警鐘を鳴らす思い出であり、批判的に自己を位置づける呼びかけとなっている。自分たちの出自との再接近においてのみ、どっちつかずの小市民たちは現状から逃れ出て未来を志向できるだろう、とゴーリキーは考えているのだ。

(34) この第三幕全体を満たすのは、一連の恋愛模様の輪舞《ロンド》である。自然と親しむハイキングの気候と気分が、普段の交際形式を少しばかり踏み越える勇気を与えたようである。リューミンによる愛の告白は、その種の最初の事例なのだが、彼は告白する前よりも一層激しい絶望に襲われることになる。

(35) ドゥダコーフは、不平や泣き言を止めないまま、妻オーリガを抱きしめている。彼はいま喜びのあまり喚いているのか、それとも心配の重圧にさらされたままなのか、よく分からない。

(36)ザムイスロフとユーリヤの関係は、利害のない交際だが、無邪気に楽しんでいるわけではない。ザムイスロフにとってこの交際は、人生の欲望全般におけるついで事に過ぎないし、ユーリヤにとっては、とりわけ夫スースロフを挑発し、苦しめる好機なのである。

(37)マーリヤ・リヴォーヴナとヴラースとの恋愛模様は、ゴーリキー原作では、「切り出した」場面になっている。二人は、ヴラースがすでに告白を済ませたと思われる散策からの帰宅途中なのだ。そもそも両者の繋がり全体が、かなり即席なものであり、随所の暗示においてのみ形作られる。そして実際に舞台上で起こるのは、比較的年配の女性が若者に告げる拒絶の場面だけなのだ。これに対し改作版のドラマトゥルギーでは、すべての進展と変容は、登場人物の関係性のなかで明瞭に説明されることを要求する。見渡せる舞台範囲の外部ではまったく、あるいはほとんど筋は生じないのだ。このようなドラマトゥルギーに従って、この場面もまた、マーリヤ・リヴォーヴナが愛情を込めて接したり、不安になって嫌悪感を示したりするなかで、次第に決意を固めてゆく瞬間まで、筋を拡張して描写する必要性があったのだ。

(38)マーリヤ・リヴォーヴナと弟ヴラースとの関係は、ヴァルヴァーラにしてみれば、それによって彼女自身が深い励ましを得られる、別な幸福のように思われる。ゴーリキー原作では、取り乱した母親リヴォーヴナをなだめる娘ソーニャの慰めの言葉のいくつかが、この改作版では、ヴァルヴァーラに割りふられている。

(39)ヴァルヴァーラは、次第に情け容赦のない、不寛容な態度をとることを学ぶ。ヴァルヴァーラにすがりつき、彼女の気を滅入らせる利己的な弱虫どもへの闘いのなかで、オーリガに続き今やリューミンが、彼女の第二の犠牲者となるのだ。

(40)ユーリヤと夫スースロフとの関係が、この戯曲中、もっとも力強く劇的に描かれる情景である。二人の対話は、その巧みな言葉の応酬において、その他の箇所の冗漫なレトリックに比べると、とてもよくできた映画のセリフのように簡潔で、目標に沿った効果を挙げている。

(41) バーソフは、ワインを過剰に飲んで気が弱くなっており、生来の温厚さから深く心を動かされている。こうして彼は、詩人の友人シャリーモフの嘲笑も、また同時に妹カレーリヤのヒステリーも、すべてを耐え、理解できる心境になっている——「ロシア的情景」の雰囲気なのだ。

(42) シャリーモフとヴァルヴァーラの対話に関して、改作版では作家の態度と自己理解とを、原作とは少し違った風に意味づけようとした。シャリーモフは実際、戯曲中のこれ以前の場面に比べるとヴァルヴァーラに対して一層遠慮なく心中を打ち明けている。シャリーモフはあえて自分から誠意を込めて近づいてゆくわけだから、後に誤解されたと感じると、模範的な作家の生き方というヴァルヴァーラの月並みなイメージに対して、確かに反論するだけの資格を持っているわけだ。したがって改作版では、最後にヴァルヴァーラにある教訓が与えられる。すなわち、ヴァルヴァーラが彼に「心ならずも」贈ってしまった花は、シャリーモフによってつき返されてしまうのだ。原作では、ヴァルヴァーラの方が花の返還を求めて自分から別れを切り出すのであり、その後シャリーモフは彼女の後ろから罵詈雑言をつぶやくのである。

(43) この第三幕で演じられた、多かれ少なかれ激しい、高く位置づけられたぶつかり合いの後、最終的に出発するときになると、すべてはどうでもよい、各人の無駄話へとかき消されてゆく。これは、一種の集団的な緊張緩和状態への慣れであって、ちょうど第一幕の終わりで全員が突如いがみ合いの輪を離れ、完全に問題のない、自己忘却した共同性のなかで、アマチュア演劇の舞台に集まってくるのと似ている。

(44) 第三幕の結末でのヴァルヴァーラ——彼女は多くをやり遂げて、明晰性を手に入れ、見通しを獲得している。もし心理の発展が直線的に行われるのならば、いまや彼女は酔っ払ったバーソフには、特別に仮借のない態度で接しなければならないだろう。しかし改作版では、これとは真逆のことを納得させようとしている。すなわちヴァルヴァーラは疲労から、またおそらくはシャリーモフとの対話で言い負かされたことを受けて、これ以前のすべての場面よりも夫にはやさしく、寛容に向き合っている。彼女の解放のプロセスは可能な限りぎこちなく、矛盾に満ちて遂行されることになろう。

(45) 二人の見張り番、クロピールキンとプストバーイカのために、いくつかの場面が書き加えられた。原作では、彼らは確かに(第一幕を例外として)すべての幕に登場してはくるものの、対話を披露するのは第二幕冒頭の比較的大きな場面においてのみである。これと同様に――ゴーリキー原作では単なる女中に過ぎない――サーシャは、場面のなかでの論争にいくぶん強く入り込んでくる。改作版において彼女は、バーソフの乳母と呼ばれることになった。

(46) 第四幕全体がひとつの巨大な場面に統合されており、戯曲の結末へ向けて一気になだれ込んでゆく。すべての場面がお祝いの食事会準備と結び付いており、事件はすべて唯一の場所であるお祝いの席上とその周辺で起こる。このコーダ(=ソナタ形式における楽章の結尾部)の効果を可能にするため、いくつかの場面は短縮され、同時並列的に流れるように展開させた。

(47) マーリヤ・リヴォーヴナに何が起きているのか? 彼女は明らかに、自分の恋愛感情が強くなりすぎて、政治的使命をおろそかにするかもしれないと、不安になっている。しかしそれは必然なのだろうか? どうしてこうも早々と彼女は断念してしまうのか? われわれはヴラースと同じ疑問を抱いてしまう。

(48) この男連中ふたりは、大の仲良しである……

(49) バーソフは、情け容赦のない結末を迎えるまで、本当に何ひとつ感づきはしないのだ。

(50) 初秋に行われるドッペルプンクトの旅立ちは、彼に町中での孤独な生活に不安を抱かせる――この時点ではまだすべては、チェーホフ的なモティーフとして感じられる。しかしながら、次第にけたたましい、分裂した不協和音へと高まってゆくのである。

(51) 詩人シャリーモフは第一幕で皆から言われたお世辞を思い出している。彼は最近出した短篇集がいつもの注目を浴びなかったので、気に病んでいる。シャリーモフの小説は本当にダメになってしまったのか? ここで誰かがそうではないと納得させてくれると、彼にはうれしいのだ。カレーリヤと話をしながら、シャリーモフには彼女の判断が、極めて重要なことのように思われてくるのだ……

(52) 楽しげな未来予想図。ドッペルプンクトの広大で古い邸宅に、ひとつ屋根の下、お互いに好き合った者たちが暮らすのだ——マーリヤ・リヴォーヴナとヴラース、ヴァルヴァーラとドッペルプンクト自身。しかし、そう仲まじく創設できるものでもなかろう、新しい生活とは……

(53) リューミンは姿を変えている。ゴーリキー原作では、彼は第三幕終了後に旅に出ており、そのおよそ三週間後を演じる第四幕に、海辺での休暇から戻ってくる。この時間の跳躍は、リューミン像と季節の変化を説明する以外、その他の登場人物にとっては何の意味も持たない。そのため改作版では、原作にあった「時間の統一」感を刺激する試みは放棄してしまった。

(54) ヴァルヴァーラは、自身がどう語らねばならないか、不意に理解するのである。彼女は自分の憤慨を表現できる簡単なイメージ、分かりやすい比喩を見出す。それでもヴァルヴァーラの言葉が悩ましげに聞こえるのは、それが適切に表現されているからではなく、この段階ではもう言葉だけでは片付かないだろうことを感じ取らせるからである……

(55) マーリヤ・リヴォーヴナは当初、ヴァルヴァーラが聞き漏らしたバーソフの痛ましい侮辱的発言を隠蔽しようと語り始める。しかし語りながら彼女の発言は次第に堅固なものとなり、体系だった説明へと整えられてゆく。これは論争的な語り調子ではない。聞き手をどきっとさせるのは、マーリヤ・リヴォーヴナが彼女自身の不愉快さ一般の明白で否定しがたい原因を、率直に名指しで説明していることによる。

(56) ゴーリキー原作では、この場面でカレーリヤが詩を朗読する。しかし改作版では、加速してゆく結尾部のドラマトゥルギーを気遣って、該当箇所はカットしてしまった。

(57) マーリヤ・リヴォーヴナのような弁舌や、ヴラースのような風刺詩が晩餐のパーティを台なしにできた時代では、厳しく批判される者、いわゆる「腰抜け連中」も、今よりはるかに無邪気で、今日ほど無感覚ではなかったであろう。スースロフは戦闘的な怒りを込めて抵抗し、自分の立場を弁護する。もっともそれは立場というよりも、頽落の局面に他ならないのだが。彼の英雄主義は心を打つある偉大さにまで到達する――誰ひとり彼に賛同する者はなく、次々と離反してゆくのだから――、そして最終的にスースロフは公的に始めた弁舌を、ただひとり自分自身のために行うのである。

(58) 人びとは普段はおとなしいバーソフが腕づくでねじ伏せようとする態度を驚きながら確認するであろう。

(59) 女性についての男連中の会話。この場面には著しい危険が隠されている。ここで三人の男性が一緒に思索する内容は、このメンバーを極端に貶めてしまうかもしれないほど卑猥で、低俗なものなのだ。また彼らの見解は、ヴァルヴァーラがその話を盗み聞きして激昂してしまうのだから、その点からも際立って低俗な内容でなければならない。結局はこの瞬間に、彼女たちの旅立ちへと向けて、直接的な感情の警報装置は鳴り始めることになる。

(60) カレーリヤが、たぶんいちばん苦痛を浮かべて、何かが永遠に崩壊してゆくのを感じている。彼女は麻痺したように、その場に立ち尽くす。

(61) ヴラースは、最後には別人に変わってしまっている。冷静で、真剣、悪ふざけもやめ、練り込まれた静かな憎しみによって、威圧的である。

(62) ヴァルヴァーラは最後の力を振り絞って語り、残された最後の力でテーブルクロスを正すと同時に、ひっくり返った椅子を拾い上げる。これは決して誇らしい、力強い幕引きにはならないだろう、こんなにも長く、徹底的な自己抑制を経験した後では……

(63) どうでもいい、とはどういうことか？　シニシズムか？　下劣な見方なのか？　あるいは神経麻痺？　それとも苦痛を元気づけているのか？　これに答えるのは難しい。

訳注

★1　アドルフォ・ビオイ＝カサーレス（Adolfo Bioy Casares, 一九一四〜一九九九）はブエノスアイレスで活躍した現代ラテンアメリカ文学を代表する小説家。ホルヘ・ルイス・ボルヘスの友人で、共著者としても知られる。代表作に『モレルの発明』（一九四〇）、『脱獄計画』（一九四五）、『ヒーローたちの夢』（一九五四）、『豚の戦記』（一九六九）等がある。『モレルの発明』は序文を書いたボルヘスに「完璧な小説」と絶賛され、後にヴェネツィア映画祭でグランプリを獲得するロブ＝グリエ／アラン・レネの映画『去年マリエンバートで』（一九六〇）に多大な影響を及ぼしたとされる。

★2　当時ベルリン・シャウビューネのドラマトゥルクを務めたボートー・シュトラウスは、一九六〇年代後半に旧西ドイツを代表する演劇誌「テアーター・ホイテ」の批評家でもあり、ドイツ語圏の言論界にいち早く構造主義・ポスト構造主義を持ち込んだ一人とされる。該当箇所から、ここではミシェル・フーコーの主著『知の考古学』（一九六九）における「言説分析（Diskursanalyse）」の理論を踏まえ、改作が行われたと考えられる。

★3　改作版では、登場人物の年齢は記述されていない。しかし彼らの世代的背景を理解するために、ここではゴーリキー原作から年齢記述を補うことにした。この作品の主要登場人物は、一八六〇年代に帝政ロシアの人民階層出身者として生まれ、十代の多感な時期に「ナロードニキ運動」の洗礼を受けて育った世代である。自分たちの教養生活は、人民の血と汗の犠牲によって享受されたものだから、その代償として彼らのために戦い、やがては社会的正義を実現しなければならない。そう考えながら青年時代を過ごしたのだが、やがて政治の季節が終わり、収入の安定した中年期にさしかかると、彼らインテリたちは政治的に無関心を装いながら、日々を無為に過ごす大人たちになっていたのである……。

★4 本訳書においては巻末に一括して注として掲げてある。

★5 時おりカレーリヤが口にする「台風」や「嵐」とは、彼ら有閑階級の人びとがまもなく経験するであろう「ロシア革命」を暗示している。

★6 原作者マクシム・ゴーリキーは、このヴォルガ河上流の町ニージニー・ノヴゴロド出身である。

★7 クロッケー（croquet）とは、木製またはプラスチック製のボールを木槌で打ち、芝生のコート上の六個のフープを通してゆき、最後に中央に立っているペッグ（＝杭）に当てる早さを競う球技のこと。日本のゲートボールのモデルになった。

★8 訳注★5を参照。

★9 「ドッペルプンクト」とはコロン、二重点を意味する。原作『別荘人種』のドヴォエトーチエも同じ意味のロシア語である。この名前から二つの位相を読み取るならば、彼が資本家から慈善家へと転進して、結末のヴァルヴァーラらの出発、人間としての再生への手助けをする役回りを演じるのも理解できるだろう。

★10 セリフの原文を直訳すると「主がそのとき、ロバの口を開かれたので、ロバはバラムに言った……」となる。旧約聖書の『民数記』二二、「バラムとロバ」のエピソードを参照。拙訳では分かりやすく意訳した。モアブ人の王バラクが、その頃アモリ人を撃退したイスラエル人の繁栄に恐れを抱いて、彼らを呪わせるために占い師であるバラムを招聘する。バラムはロバに乗って出かけたが、これに激怒した神が剣を手にした天使を遣わし、道に立ちふさがった。その姿を目にしたロバは怯え、三度道を外れたが、天使が見えないバラムはその都度ロバを激しく杖で打ちつけた。とうとう最後には神の力を借りてロバが語り始めるというもの。日本聖書協会『聖書　新共同訳』、一二五二頁。

★11　劇作家としてのチェーホフは「仮装行列」や「道化」への興味、ゴーゴリの喜劇『検察官』(一八三六)からの影響、「コメディ・ボードヴィル」志向などから戯曲を書き始めたという。佐藤清郎『チェーホフ劇の世界』、筑摩書房、一九八〇年参照。

★12　「どうでもいいこと」「くだらんこと」はチェーホフの作品、例えば短編小説『六号室』(一八九二)や『三年』(一八九五)、あるいは戯曲『三人姉妹』(一九〇一)の軍医チェブトイキンの台詞などにも見られるものである。

新しい集団的営為の可能性を求めて
――ベルリン・シャウビューネ改作版『避暑に訪れた人びと』論――

「芸術は個人にも可能だ。しかし創造の能力を有するのは集団だけである。」――ゴーリキー

1 〈シャウビューネ美学〉の登場

一九六〇年代後半に〝演劇〟というメディアは変容を余儀なくされる。旧西側の世界システムは、重化学工業主体の生産中心主義からハイテク産業を基軸とする情報化消費社会へと緩やかにシフトし始めていた。すでに戦前から、ヴァルター・ベンヤミンが『複製技術時代の芸術作品』(一九三五)を執筆して、メディア環境の刷新に伴う〈知覚の変容〉を力説してはいたが、M・マクルーハンやH・M・エンツェンスベルガーらが「メディア理論」を提唱するのは一九六〇年代のことである。構造主義・ポスト構造主義を代表する思想家たち、例えばミシェル・フーコーやジャック・デリダらの主著も、この時代に相次いで刊行されている。社会構造上の変化に伴って新しい表現様式、集団的営為の可能性が模索され始めるのだ――。

ドイツ語圏における現代演劇研究の双璧と呼びうる、フランクフルト大学教授ハンス゠ティース・レーマンとベルリン自由大学教授エリカ・フィッシャー゠リヒテは、ともに時代を映す鏡としての演劇を二〇世紀半ば以後の現代社会の動向と絡めて、新たに定義し直している――「七

〇年代以降においては、日常生活におけるメディアの普及と偏在を背景に、本書でポストドラマ演劇と名づけるような、多様な新しい演劇的な言説形式が登場してきている」[1]。「一九六〇年代初頭、欧米文化の諸芸術においてパフォーマンス的転回が始まったことを見過ごしてはならない。［……］さまざまな芸術の間の境界はますます流動的になり、作品の代わりに出来事を作り出すという傾向がいっそう強まり、さまざまなパフォーマンスの中で実現されていた」[2]。

既存の社会制度や演劇形態に対する抗議と挑発の新しい前衛的試みが顕在化するのは、一九六〇年代半ばである。ドイツでは、一九六六年にフランクフルトにＴＡＴ劇場が設立されるとともに、後に世界的に有名となる国際実験演劇祭「エクスペリメンタ」の第一回大会が開催され、ドイツ語圏の〈六八年世代〉を代表する劇作家ペーター・ハントケが言語実験劇『観客罵倒』でデビューしている。アメリカ・ニューヨークを始め世界各地で「街頭演劇」や「ハプニング劇」が隆盛を極め、日本では寺山修司や唐十郎らを中心に「アングラ演劇」が勃興してくるのもこの時代であった。モダニズムからポストモダニズムへ、普遍主義から多様性や差異の尊重へ、未来主義的希望から現実至上主義への移行といった価値観の推移・変容は、いわゆる「大きな物語」の崩壊となって後の八〇年代、九〇年代に顕在化し、歴史における「大文字の他者」の不在、言葉の内実の浮遊化は、演劇的営為においては〈主体〉の問い直しへと発展していった。

演劇は、もはや外部に向けて主義主張を掲げるのでなく、まずはアンサンブル自体が自明性を喪失した自らのあり方や存在意義をめぐって自問自答し、その葛藤を集団創作のなかで自己言及的に曝しながら、観客たちとともに討論していく性格を持ち始めたのである。このような時代背景のなかで、そもそも〝演劇〟とは何であるかを集団的営為で問いかける、いわば高次の反省水準を持つ頭脳集団として登場してきたのが、一九七〇年代においてドイツ語圏最高の劇団と見做された、ペーター・シュタイン指揮下のベルリン・シャウビューネである。

シャウビューネといえば、現在はドイツの首都ベルリンの旧西側の繁華街クーダム通りのレーニン広場に位置し、一九九九年にはドイツ再統一以降の世代交代の波を受けて、新たな世紀に対応する新たな劇団として、当時三〇代の若手芸術家を中心にメンバーを一新して、大きな話題を呼んだ。演劇部門の芸術総監督に就任したのは、当時サブカルチャー・シーンを席巻していた若き演出家トーマス・オスターマイアーであった。しかし同劇場の始まりは、外国人労働者が多い旧西ベルリン・クロイツベルク地区のハレ河岸に面した元保険会社の小さな建物であり、そのわずか四〇〇名程度の座席を有するに過ぎない二階ホールを本拠地として、一九六二年に左翼系の学生演劇出身者を母体に生まれた私設劇団に過ぎなかった。しかし一九七〇年になると、後に「黄金の二〇年代」と謳われる二〇世紀初頭の演劇都市ベルリンの再興を目論む市当局から要請を受け、若き演出家シュタインを中心に新しい劇団体制（＝アンサンブル）によって、同劇場は再スタートを切るのである。

ペーター・シュタインを中心とするグループに白羽の矢が立ったのは、一九六九年三月三〇日にブレーメン市立劇場で初演されたゲーテの『タッソー』演出が、戦後ドイツ演劇史における事件として注目を浴びていたからであった。当時、西ドイツを代表する演劇誌「テアーター・ホイテ」の若き批評家であったボートー・シュトラウスは、シュタインの画期的な新しさを直ちに次のように書き著している――「この作品の解釈は根本的に、美しいアナクロニズムとしての我われの社会における演劇の定義によって企てられている」。つまりは、一九六〇年代後半という新しい時代意識／世代感覚のもとで、演劇や芸術作品がすでに客観的意義を喪失して形骸化していることを、ゲーテの『タッソー』に託して作品内在的に露呈させたというのである。

　結果的に、現代における美的生産物の無益さを強調するためだけに、これ見よがしに豪華な舞台美術を担当したのはヴィルフリート・ミンクスであり、格調高い韻文詩を「夢遊病者のごとき淫らさ」を持って、子供が歌うような甘い声色で語ったというのがユッタ・ランペ（公女レオノーレ）、人工的な役どころを繊細かつエレガントな発声と身振りで完璧に演じきったというエーディット・クレーファー（スカンディアーノ伯夫人レオノーレ）、そして激情に流されやすい主人公をコミカルに歪曲化して演じ、変革を求めても虚しいドン・キホーテのような絶望の役づくりに徹したのは、若き日のブルーノ・ガンツ（詩人タッソー）であった。彼らは権力や制度に対する芸術の無力感を、深い懐疑の眼差しの下に捉えて表現していた。いわば芸術家としての自明性を喪失した自分たち自身の姿を、彼らは自己言及的に舞台にのせたと言えるだろうか――。

　このように、技巧性に富みながら深い疑念を漂わせるシュタインの「分析的マニエリスム」（シュトラウス〉の様式を視覚化できたのは、当時ブレーメン市立劇場の劇場総監督クルト・ヒュプナーのもとに集っていた逸材に負うところが少なくない。六〇年代におけるブレーメンは、ドイツ語圏の演劇においては〝美的アヴァンギャルド〟の中心地として指導的な役割を果たしていた。シュタインの他にも、ペーター・ツァデクやペーター・パーリッチュらその後のドイツ演劇史に大きな足跡を残す野心的な演出家が集い、ライナー・ヴェルナー・ファスビンダーやクラウス・ミヒャエル・グリューバーといった伝説的な演劇人が斬新な客演を行っていたのである。

政治的にも美学的にも反逆児であった若い演出家たちは、〈ブレーメン様式〉と呼ばれる新しいスタイルを生み出していた。また彼らはみな、社会制度の変革を唱えると同時に旧態依然たる劇場機構の改革を訴え、硬直したヒエラルヒー型の劇団制度を脱して、アンサンブル全員による〈共同作業〉を欲していた。やがて、この斬新な『タッソー』演出によって当時の演劇界に一大論争を巻き起こし、結果としてブレーメンを追放されることになった彼らは、シュタインに率いられるかたちで、一九七〇年八月一日以降、西ベルリン・ハレ河岸劇場に居を構え、理想的なアンサンブルによる〈集団創作〉というスタイルで、新しい演劇的営為の可能性を追求していく。

こうして、七〇年代初頭から八〇年代半ばまで一世を風靡することになるベルリン・シャウビューネの華麗なる神話は、実質的には『タッソー』劇の衝撃でもって幕を開けていたことになる。そして「芸術家タッソーをめぐる問題系」は、一種コミューン的な組織体のなかで芸術的営為を追求していく彼ら自身の姿をあらかじめ映し出したものとして、後々まで彼らの活動を規定することになる。実際シュタインは劇団シャウビューネの活動について、次のように語っている――「僕が思うに、シャウビューネのすべての活動の基本的前提となっているのは、まず一種の懐疑の精神なんだ。（これが実際、新生シャウビューネの出発点だったんだけどね。）演劇的手段ならびに劇場で扱われる内容に関しては疑い、問いかけてゆくってことさ」。

さて、彼ら〈六八年世代〉の活動の起点ともなった一九六八年は、一般的には左翼的ユートピア思想をよりどころにして武装蜂起した学生運動の年として記憶されている。しかし今日の視点から〈六八年〉を再考した場合、実際には当の「左翼」をも含めた旧世代の価値観（=「大きな物語」）への拒絶を意味していたことが分かる。改革を求め、政治的であったはずの若者たちが、後に自閉的な「新主観主義」の作家となっていったのも偶然ではない。すなわち、五月革命に対する挫折から後の七〇年代における〈気分の変化〉が生じたのではなく、もともと〈六八年世代〉による社会的反抗自体が「啓蒙的左翼」の政治性に代表されるような「大きな物語」を拒絶する、現代の個人主義と密接に結びついていたと考えられるのである。

このような歴史的背景は、当時、総従業員わずか一〇〇名足らずの小さな劇団=アンサンブルとして発足した新生シャウビューネが、まさに〝個人と集団の葛藤〟を自己内省=自己投影的に上演していったことに反映されている。そのために〈六八年〉の世代的テーマを扱っている上演テクストがドラマトゥルク主導の下に選択され、劇団員全員による研究・討論を繰り返しながら、まさに演劇のなかに試行錯誤する自分たち自身の姿を反映させていったのである。こうして、当時の自明性を喪失した社会構造に対する問いかけは、そのまま小さなひとつの社会的制度としての演劇と、そこを基盤に活動する自分たち自身のあり方への先鋭的な問いかけとなっていった。シュタイン曰く――「僕たちを特徴付けているのは、矛盾に身を置く演劇ってことだ」。そしてそのためには、古典作家と現代作家を同時に考えるという大胆な演目選定をも辞さなかった。「僕らの上演目録はもっぱら横揺れってやつを、すなわち様々な立場をただ行ったり来たりするってことだけを示している」。ベルリン・シャウビューネの活動に答えはないのだ。

こうして、もはや「大きな物語」が信じられなくなり、それまで大切だった何かが急速に消失していくという喪失感が、彼らの活動の根底に置かれている。戦前からの価値観や秩序意識は戦後のナチス批判とともに葬り去られたが、しかしそれに代わるべき新たな理想を見出すこともできない過渡期の時代の人びと。彼らの演劇を特徴付ける〈シャウビューネ美学〉とは、懐疑の演劇なのである。そしてそれは同時に、基準となるような美学を持たない矛盾の演劇だ、ということになる。そしてこれは、単純には政治性を前提できなくなってしまった、一九六八年五月の運動の帰結なのである。

2　シュトラウスと〈シャウビューネ美学〉

さて、一九七〇年代における劇団シャウビューネの功績は、ドラマトゥルクを務めたボートー・

シュトラウスの仕事に拠るところが少なくない。そもそも彼は、当初は俳優を志して素人舞台に立ったりしていたようであるが、アドルノの強烈な読書体験とともに身体感覚が麻痺し、以後、人前に姿を曝すことのない秘教的な作家活動に従事していることは、彼に関心を持つ者にとって有名なエピソードである。

しかしシュトラウスは、「テアーター・ホイテ」誌に彼が遺した最後の論考であると同時に、一九七一年初頭には新生シャウビューネの演出上の実践プログラムと目された著述『美学的ならびに政治的出来事をいっしょに考える試み』（一九七〇）においてすでに、その冒頭で「アドルノからフーコーへ」あるいは「弁証法から考古学へ」と定義し得る自らの立場の「転回」を行っている。そしてこれを境に、彼の文章は構造主義的・記号学的用語にシフトしていくのである。実際に、この論考のなかで彼は「啓蒙の記号学」を提唱しているが、これは、シュトラウスが構造主義・ポスト構造主義的にアドルノ／ホルクハイマーの「啓蒙の弁証法」を乗り越えようとしたことを意味する。シュトラウスといえば、現在では——一九九三年に「シュピーゲル」誌に掲載されたエッセイ『高まりゆく山羊の歌』のいわゆる「右翼宣言」以降(3)——「ツァイト」誌を中心に啓蒙（左翼）批判を繰り返している作家との印象を与えるが、実はその相貌はすでにこの時期、彼の文学活動のほぼ最初期に見てとれるのである。

「啓蒙の記号学」とは、演劇メディアがその人物描写の色褪せた習慣によって現代人の知覚の変化にもはや対応し切れなくなってきたため、演劇をして複製技術時代の映像メディア（初期シュトラウスにとっては主にテレビ）と対決させるべく、具体的には、その切断的・断片的手法を換骨奪胎することを意味しよう――「必要最小限にとどめた目立たない控えめな虚構（システム）のなかに、出来るだけ多くの事実（記号）を羅列してゆくこと」、「ある同一の構造連関のなかに隠されている複数の可能性を明るみに出すこと」が、シュトラウスの考えた来たるべき演劇のプログラムなのだ。記号学の名のもとに彼は、「（もはや《綜合》《ジンテーゼ》ではなく）解体と配置、断片とモンタージュ」を、新しい時代における美的認識のための基本操作として推奨している。

もっとも、狷介不羈なところのあるシュトラウスの政治的立場をめぐって、当時のアンサンブルのメンバーには反対者も多かったらしい。例えば渡辺知也は、もともとは世界的な学生運動の荒波から登場した草創期シャウビューネの舞台上演、とりわけゴーリキー／ブレヒトの『母』（一九七〇）やヴィシネフスキーの『楽天的悲劇』（一九七二）に触れ、「そこではアンサンブル全体がボルシェヴィキの集団のように観客を路上へ、革命へと煽動した」、「シャウビューネは一夜にしてヨーロッパ全体の若者達の精神的芸術的シンボルとなった」と報告している。このような政治的ヴェクトルは、単純な政治参加を拒絶する秘教的なアドルノ『美の理論』（一九七〇）の信奉者であり、すでにポスト構造主義の洗礼を受けていたシュトラウスの好むところではなかった。

実際にシュトラウスは、ブレヒトの『母』上演で華々しく時代の要請に答える劇団として（当初は政治的に）ベルリン・シャウビューネのお披露目が行われた直後から、アジプロ演出に対して距離を取るべきことを主張していた。劇団の評価を名実ともに不動のものにした『ペール・ギユント』公演（一九七二）でも、シュトラウスは啓蒙的・マルクス主義的路線に沿って原作をラジカルに変えようとした演出家シュタインの態度を諫めて、キリスト教的プロテスタント主義に貫かれたイプセンのテクストに静かに耳を傾けるべきことを教示したという。このように、一九七〇年代における病的なまでに繊細な心理描写を含む「新主観主義」的なドラマトゥルギーを確立する上で、また扇動的な啓蒙左派路線から次第に知的エリートによる芸術的頭脳集団へとベルリン・シャウビューネが変貌を遂げてゆくなかで、シュトラウスは決定的な役割を演じたことになる。

さて、シュトラウスにおける新しい方向性、すなわち〈六八年〉の思想を特徴付けた当時の哲学書として〈主体の脱中心化〉を標榜した構造主義・ポスト構造主義の一連の著作——フーコー『言葉と物』（一九六六）、『知の考古学』（一九六九）、アルチュセール『マルクスのために』（一九六五）、デリダ『エクリチュールと差異』（一九六七）、ラカン『エクリ』（一九六六）、ドゥルーズ『差異と反復』（一九六九）など——を挙げることができるだろう。そしてドイツ語圏の言論界に初めてフーコーの「考古学《アルケオロジー》」の概念を持ち込んだ一人が、他ならぬシュトラウスであるとされており、実際に彼の「転回」には、一九六九年に公刊されたミシェル・フーコーの方法論上の主著『知の考古学』が大きく影を投じているように思える。

「考古学」とは何か？——フーコーに従うならば、ある特定の時代の社会や文化に見られる様々な「発言行為《エノンセ》」の集積「アルシーヴ（資料の集蔵体）」を、意識を構成するひとつの図式に還元するのではなく、むしろ相互に並置されて交錯し合う数多くの記録を「せめぎ合い」のままに横断しながら、その資料を成り立たせている時代特有の思考様式、無意識的な規則性・構造（＝システム）を明るみに出す作業を意味している。「考古学とは、つまり、比較に基づいた分析であり〔……〕考古学的比較は、統一化する行為ではなく、多様化する行為である」[4]という。すなわち「考古学」は、もはや「弁証法」のように媒介させて合一へと導くのではなく、多様性を多様性のままに受け取るべきことを教えている。これによってシュトラウスは、複雑な同時代の事象を矛盾するがままに相互に照らし合わせながら捉えるべきことを主張し、そこから解き明かし難い時代の深層構造を探ろうとする「言説分析《ディスクール・アナリューゼ》」（フーコー）の視座を獲得するのである。こうして、演出家シュタインや文芸部員ディーター・シュトゥルムをはじめ劇団員たちは、シュトラウスの影響下に〈六八年〉以降の新しい演劇的営為の可能性を模索していくことになる。

さて、ペーター・イーデンに従うならば、シュトラウス経由で「考古学」が導入され、劇団の方向性に明らかな変化が生じるのは、ブレヒトの『母』に次いで、ペーター・ハントケの『ボーデン湖の騎行』（一九七〇）の上演を準備する集団討論に際してであった。さっそく議論のイニシアティヴを握り、新生シャウビューネの活動の青写真を描くことになった文芸部員シュトゥルム曰く、この戯曲は市民社会を外部から批判するのではなく、心理的な出来事を媒介としながら内在的に分析することを目論んだ作品であるから、舞台上で示される演劇状況はまさに現実の社会状況として解釈されねばならないだろう。しかし一回限りの上演活動で社会状況の全体を描出することは無論、不可能である。だが、個々の上演プログラムにおいて社会全体の断面図を描くことに成功していけば、すべての企画の集積においてベルリン・シャウビューネは、やがて社会状況の全体ないしは同時代の深層構造を明らかにすることができるだろう。このように、舵がきられたのである。要するに、黄金期ベルリン・シャウビューネの活動を再考すると、方法論的には「考古学」の演劇であったことが分かるのだ。

実際に、一九六〇年代から一貫して〈シャウビューネ美学〉を牽引してきたシュトゥルムは、そもそもはマルクス主義者であったらしいが、次第に「批判理論」からも距離をみせ始め、一九七七年には次のような発言をするに至る——「啓蒙という言葉は、啓蒙できないということの啓蒙をも意味せねばならないだろう。詳しく定義するなら、(今は無理だが)いずれは啓蒙されるという意味においてではなく、そもそも啓蒙など不可能である、ということの承認という意味においてである。〔……〕我われ(=ベルリン・シャウビューネ)の営為努力は啓蒙のプロセスに従ってはいるが、これは啓蒙のあり方そのものに対しても疑念をさし挟むことのできる、そうした啓蒙のプロセスなのだ」。さらに劇団シャウビューネを定義して曰く、「保守的なやり方で遂行される一種の異議申立てをする抗議のための機関」、とシュトゥルムは述べている。ここで挑発的に「保守的」と宣言されたのは、おそらくは通常の政治的意味合いにおいてではなく、進歩や前進の名のもとに人間性を喪失し、結果としては忘却的症状に浸る現代社会への抵抗という意味合いにおいてであろう[5]。

演出家シュタインは、ミュンヘン室内小劇場にて巨匠フリッツ・コルトナーから「集中力、作業の精確さ、そしてあらゆる演出構想の原材料としての言葉への責務」を学んだとされるが、一九六八年七月には、ペーター・ヴァイスの『ベトナム討論』を演出した際に、南ベトナム解放民族戦線（＝ベトコン）との連帯を呼びかけたために芸術総監督アウグスト・エヴァーディングによって追放され、ブレーメンではゲーテの『タッソー』を古典劇の空洞化として示し、新生シュウビューネの演目第一弾には「少なくともこの作品の上演でもって、革命政治に対して広まっている嫌悪感に立ち向かうことができる」と考えて、ブレヒトの『母』をぶつけてきた革命児シュタインである。しかし彼の〝矛盾の演劇〟の内実を検討してみると、ブレヒト的・弁証法的意味合いにおける矛盾ではなく、フォルマリスム＝構造主義的、すなわちシュトラウスの導入した考古学的意味合いにおける矛盾であることが分かるのだ[6]。やがて七〇年代後半以降シュタインは、演劇の本質とはテクストであると考えるようになり、これをアクチュアリティの名のもとに同時代に引き寄せてはならないし、かといって考古学に没入するあまり懐古趣味に陥ってもならない、との立場を示していく。この両者の「せめぎ合い」のさなかに、ふと人間存在の意味が映し出されてくるように矛盾を保持せよ、というのが彼のスタイルだということになる。八〇年代半ばになるとシュタインは、『タッソー』や『ペール・ギュント』など、かつて自らが築き上げてきた黄金期シャウビューネの業績を否定して、次第に演出家としての個性もさらすことなく、ただひたすらに偉大な古典作家たちのテクストに耳を傾けるという、悪くとれば発展性を放棄した、ヨーロッパ演劇の古典的伝統に回帰してゆくのである。

こうして、劇場を「記憶」の場として捉えるシュタインの演劇は、ふと他者性を含む異質な時との邂逅を準備する。〈シャウビューネ美学〉とは記憶の演劇である。シュトラウス／シュトゥルム／シュタインは、ともに皮相的な現代社会を拒絶し、どちらかといえば失われていく文化や記憶、それに歴史的アイデンティティといった価値観に固執する態度を示すようになる。そこからは、歴史的に世界の他者性／悲劇性への感受性を排除してきた西欧近代の合理主義に対する、深い懐疑の念が透けて見えてくるのだ——。

3　ベルリン・シャウビューネにおける〝チェーホフ劇〟

シュタインは、彼にとって初めての日本公演となったロシア・モスクワ芸術座の俳優たちによるシェイクスピア『ハムレット』上演（二〇〇二）の下準備として二〇〇一年十月に来日を果たし、記念講演会を催した。そのとき彼は〝ヨーロッパ演劇史を画する偉大な作家たち〟について個人的な想いを込めながら熱く語っている——これは同時に、一九八五年まで彼が芸術総監督を務めたベルリン・シャウビューネにおける上演演目の三本柱となっていた劇作家たちである。まず、（一）太古の神話的世界に対して内省する〈個人〉を誕生させたという古代悲劇作家たち、次に、（二）

王侯貴族の姿を借りて〈個人対個人の葛藤〉を描いたというシェイクスピア、そして最後に、（三）演劇史上はじめて〈群像〉を舞台にかけることを可能にしたチェーホフ（世紀転換期の市民劇）の三者である。これら古典作家たちの戯曲は、演劇的営為が自明性を喪失した現代の視座から眺め、改めて「演劇の時代」の読み直しを図る上で、西洋演劇史を貫く豊かな水脈として、観客との討論会を含む綿密な準備作業を経て舞台化され、世界的な評価を獲得していった。これら三つの柱は、いずれも演劇を「自己省察」「主体の覚醒」の場として捉えた場合、確かに人類史上の諸段階における重要なポイントを押さえていよう。

具体的に述べるなら、（一）ギリシア悲劇は、『古代演劇プロジェクト』（一九七四）として二夜連続上演された〔第一部「演技者特訓」、第二部「バッコスの信女」（クラウス・ミヒャエル・グリューバー演出）〕。これはギリシア劇の様々な上演様式を検討しながら〝儀式としての演劇〟の起源を探る試みであり、また演劇という枠組みの中でどのように〈主体性〉は生じてくるのか、考察された。また一九八〇年には、その成果を結集して、週末の通し上演では九時間半にも及んだアイスキュロス作『オレステイア三部作』が発表される。現代的な舞台装置の使用は必要最低限に止めながら――しかしアテネの法廷では現代のスーツ姿で陪審員たち（＝コロスの合唱隊）を登場させ、現代社会のデモクラシーを暗示させるなどの工夫が見られる――、女神パラス・アテナが天から降りてくる場面では、古代ギリシア世界で実際に使われた「宙吊り」の仕掛けを用いるなど、時代考証を重視した演出を行っている。十数種に及ぶ翻訳から綿密に上演台本を検討することで、「ヨーロッパの学問の最初期の考案は、何かしら技術的な事柄に向けられていたのではなく、演劇、劇文学に向けられていた」、ヨーロッパ演劇における唯一無比の発明とは「言葉」であり、その本質は「テクスト」なのだ――演出に際してペーター・シュタインが、このようなテクスト重視の演劇美学に開眼したというのは、つとに有名なエピソードである。

次に、(二)シェイクスピアでは、古代ギリシア悲劇に次いで人類が〝新しい自己意識〟に目覚めたとされるイギリス・エリザベス朝時代の政治的・社会的・美学的諸観念が検討される。広大なスタジオ(=撮影所)でシェイクスピアに纏わる様々な「記憶」を断片的・実験的に(やはり二夜連続で)再現して見せた『シェイクスピアズ・メモリー』(一九七六)では、劇団の誇る俳優たちが一七世紀――「バロック」や「ルネサンス」時代の世界観について、聴衆を相手に講義を行った。具体的には「旅回り役者」の芝居風景の再現に始まり、「道化」あるいは「レトリック」の研究、シェイクスピア劇の各名場面の断片的な上演、女王エリザベス一世の名スピーチ、モンテーニュの主著『エセー(随想録)』(一五八〇)の朗読、A・デューラーの銅版画『メランコリアI』(一五一四)の解剖学(=絵の解説)など、さらには「大航海時代」を知るための巨大な帆船模型の展示に至るまで、彼らが観客とともに育んだイメージは多岐に細部に渉っていた。ベルリン・シャウビューネの一九七〇年代における一連の活動が、演劇的営為の再構築を志向した「記憶の演劇」と呼ばれる所以《ゆえん》である。そしてこれら一連の成果を踏まえ、翌一九七七年になってようやく、シェイクスピア作品として『お気に召すまま』を上演するのである。

そして最後に、(三)チェーホフでは、一九七四年にシュタイン／シュトラウス改作によるゴーリキー『別荘人種』＝『避暑に訪れた人びと』を〝チェーホフ劇〟として演出したのを皮切りに、一九八四年には『三人姉妹』を、一九八九年には『桜の園』を上演している。奇しくも『桜の園』上演は、「ベルリンの壁」崩壊の年にあたり、桜の木に斧を打ちこむ音が聞こえ、一つの時代の終焉を予感させるときに、現実に戦後ドイツも終わろうとしていたのである。シュタインは、二〇〇三年には『かもめ』を上演している。劇作家チェーホフを心から崇拝する彼は、最初からチェーホフの四大戯曲を扱うことは不遜と感じて、若きゴーリキーの習作を〝チェーホフ劇〟として演出しようと考えたのである。無名時代のゴーリキーは、当時すでに有名であったチェーホフに手紙を書いて、八歳年長の先輩作家から励まされながら戯曲を書き始める——すなわち、チェーホフの『かもめ』(一八九六)に新しい劇芸術の形式を見出し、『ワーニャ伯父さん』(一八九九)を見て女のように泣き、『三人姉妹』(一九〇一)の出来栄えを「音楽」のようだと評して驚嘆し、『桜の園』(一九〇四)の完成を見守ったゴーリキーは、〝チェーホフ劇〟のエッセンスをまぶしながら『別荘人種』＝『避暑に訪れた人びと』を書き上げたのである。(7)しかし内省的で、静かに人間を見据えるチェーホフに対し、この戯曲にはすでに『どん底』(一九〇二)を書き上げたゴーリキーの猥雑さが見られよう。これはまさに、スタニスラフスキーとネミローヴィチ＝ダンチェンコによって一八九七年に創設された黄金期モスクワ芸術座の舞台裏、また当時過渡期にあった帝政ロシアの社会的背景を垣間見せてくれる意欲作だと言えるだろう。

さて、これら三本柱をめぐるどの企画公演においても、ベルリン・シャウビューネのドラマトゥルクには上演テクストの改作と並行して、作品の成立した時代的背景をも考古学的に調べ上げるという任務が課せられていた。そして、学ぶところの多いイーデンの報告に拠れば、豊かな学識でもってシャウビューネの演劇にアイデアと尺度を与えたのがシュトゥルムであり、具体的に個々の作品を上演していく実践活動のなかで実力を発揮したのがシュトラウスであるという。とくに、歴史的コンテクストに縛られているはずの登場人物たちのなかで、個々の人物が突如、非常に現代的、同時代的な個性を発揮し始めるというかのスタイル――歴史や社会に対してすでに無気力となっている現代的な意識、いわばメディア時代における〈主体性〉の扱い方に注意を喚起したのが、劇団シャウビューネにおけるシュトラウスの主要な功績であるとしている。また〝古代悲劇〟と〝シェイクスピア劇〟に関して主導権を握ったのはシュトゥルムであるが、〝チェーホフ劇〟を担当したのは、もっぱらシュトラウスであるという。シュタインが尊敬してやまないチェーホフの戯曲を初めて演出するのは、このゴーリキー『別荘人種』＝『避暑に訪れた人びと』改作の仕事を通してであったので、彼のチェーホフ理解には少なからずシュトラウスの解釈が経由されていることだろう。

ちなみに、台本改作の仕事をも担当したドラマトゥルクは、実質的な〝ブレーン〟として作品上演に大きく関与していた。シュトラウスが実質的に参画したのは、イプセン『ペール・ギュント』公演（一九七二）、クライスト『公子ホンブルク』公演（一九七二）、ラビッシュ『豚の貯金箱』公演(8)（一九七三）、そしてゴーリキーに拠る『避暑に訪れた人びと』公演（一九七四）の四作品であり、いずれもシュタインとの共同作業というかたちをとっている。そしてベルリン・シャウビューネ在籍時代に〝ドラマの危機〟と呼ばれる一九世紀の作劇法、世紀転換期の市民劇――イプセン、チェーホフ、ストリンドベリら北欧の劇作家に学びながら、七〇年代には西ドイツの中産階級市民の〈精神構造〉を的確に形象化する劇作家として華々しく登場してくるのがボートー・シュトラウスである。ある意味で〝チェーホフ劇〟は、台本改作者シュトラウスの仕事の総仕上げとなっており、またそれが同時に、劇作家シュトラウス誕生の直接の起点ともなっているのだ。

4 〝チェーホフ劇〟として上演された『避暑に訪れた人びと』

〝チェーホフ劇〟は、劇作家シュトラウスにとってのみならず、演出家シュタインにとってもまた重要な演劇史上のモデルであった。シュタインは『避暑に訪れた人びと』上演に際して次のように語っている――「登場人物と俳優たちとの生活状況のあいだには一致がみられる。役者たちは劇中の人物たちとほぼ同年齢だ。それに歴史的状況は異なっているけれど、彼らは似たような階層の出身者たちなので、知性に関してもメンタリティに関しても比較可能な前提条件を持っている。つまりは、小市民だってことさ」。

〈小市民〉という言葉を抜きにしてゴーリキー劇を語ることはできまい。『別荘人種』＝『避暑に訪れた人びと』に関する限り、ゴーリキーの創作動機は「現代の〈ブルジョア的・物質主義的インテリゲンチャ〉を描写する」こと、「《インテリゲンチャの生活ぶり》を小市民の態度としてあらゆる理想化をぬきに示すこと」にあったからである。[9] そして劇団シャウビューネの俳優たちは、革命前夜の帝政ロシアにおける〈小市民たち〉の姿に、七〇年代西ドイツの中産階級出身者である自分たち自身の姿を重ね合わせていた。さらに原作が提示していた「知識人」をめぐる問いかけからは、彼ら芸術家／演劇人たちは今日の社会状況のなかで一体何を成すべきであるのか、役柄を自己言及的に演じながら、劇団＝アンサンブルとして自問自答していたと考えられるのである。

それでは一九〇〇年当時、ロシア革命前夜のインテリたちが抱えた葛藤とは何であったのか？『避暑に訪れた人びと』の主要登場人物は、一八六〇年代にロシアの諸都市で生まれ、十代の多感な時期に「ナロードニキ運動」の洗礼を受けて育った世代である。「人民のなかへ《ヴ・ナロード》」――自分たちの教養生活は、何百万にも及ぶ人民の血と汗の犠牲によって享受されたものだから、その代償として彼らは人民のために闘い、やがては社会的正義を実現しなければならない。しかし政治の季節が終わり、収入の安定した中年期にさしかかると、彼らは政治的に無関心を装いながら、日々を無為に過ごす大人たちになっていたのである……。

標題『避暑に訪れた人びと』は、登場人物の一人ヴァルヴァーラの次のセリフから取られている――「わたしたちは自分たちの祖国に避暑に訪れている人びと（Wir sind Sommergäste in unserem Land）……わたしたちはどこにも居場所を持たないよそ者なのよ」。人民に対して「インテリ」と称している自分たちの存在意義は一体どこにあるのか、激しく自問するこのセリフが、理想なしに無為に日々を生きる女主人公の精神的葛藤を言い尽くしている。

劇中の事件はすべて彼女ヴァルヴァーラの夫、成功した弁護士バーソフの「別荘」とその周辺で起こる。やや図式的に示せば、口先では社会の発展を唱えながら、内心はただひたすら平穏無事な生活を願う典型的な俗物バーソフとその仲間の男たちが一方の陣営を形作り、他方で女医マーリヤ・リヴォーヴナを中心とする女性たち（ヴァルヴァーラの弟ヴラースは男だがこちらの陣営に属している）は、人民のための解放運動を志向する民主主義的勢力となっている。そしてこの二つのグループをめぐって、極めて多様で個性的な人物たちが描出されるのだ。

チェーホフとの往復書簡を通じて戯曲を書き始めるゴーリキーだが、両者の違いを一言で要約すれば、観照に徹し、距離をとった批判的態度に終始するのがチェーホフであり、容赦なく裁断を下し、革命に向けて前進しようとするのがゴーリキーである。(10) 一九七四年のベルリン・シャウビューネ改作版『避暑に訪れた人びと』の初演パンフレットを参照する限り、シュトラウスとシュタインはゴーリキーの意図を汲んで煽動的な政治劇へとテクストを改作しているように見える。(11) また実際に作品が上演されると、F・ルフトやR・ミヒャエリスといった批評家は左翼的啓蒙の基本路線を見て取り、こぞって政治劇としてこの上演を称賛している。確かに、筋の上では〝主人公たちの自立〟というテーマが前面に押し出され、原作ではごちゃごちゃとして不明瞭であったプロットは、最終的には民衆の教育者となるべく自覚した女性たちが〈小市民〉の世界から出発するという結末へと必然性を持ってドラマが展開するように改作されている。改作者シュトラウスの功績は、まずは習作の色合いが濃かった同作品を原作者ゴーリキーの作劇法を理解した上で、事実上、完成にもたらしたことに求められるだろう。(12)全四幕の戯曲形式は七十八の小場面へと改作されると同時に、原作の冗長な言い回しは大幅にカットされ、言葉遣いも簡潔かつラジカルに現代的に改稿されている。この戯曲が現在なお注目を集めるとすれば、ひとえに全盛期のベルリン・シャウビューネによって改作され上演された、ということの事実を措いて他にない。

しかしこの戯曲はその際、同時に〝チェーホフ劇〟として演出されたのであり、すでに安直な政治的前進を唱えにくくなった世界を内省するかのように、チェーホフの〈静劇〉を彷彿とさせる特徴を随所に取り入れている。例えば、一九一七年のロシア革命以前の社会状況は一九六八年の五月革命以後の世界へと置き換えられ、未来へ向けての前進はすでに過去の社会的身振りの想起とパラレルに提示されている。つまり、ゴーリキーの「急進主義」はチェーホフの「諦念」とせめぎ合いを示しており、こうした社会状況に対する自己省察が結果として上演意図であったと考えられるのである。その意味では、(俗説的な解釈ではあるが)〝六八年革命〟の生々しい挫折の経験が色濃く作品に影を落としている、とも言えそうだ。ゴーリキーに忠実であればポジティヴであるはずの登場人物の政治的希望やセリフの受け渡しに見られる覚醒に向けた激越な調子は、むしろ抑えられている。抑制され圧縮されたセリフは不気味な静けさを伴って、あたかも夜の静寂《しじま》に水滴の音が響き渡るように、ぽつりぽつりと深みを込めて発せられたのである。(13)

それでは、対話（＝テクスト）と内省（＝主体性の扱い方）を大きな特徴とした彼らの演劇は、当時の観客にはどのように受容されたのか。幕が上がると、演技空間には舞台装置家カール＝エルンスト・ヘルマンの手がけた実際に植樹された見事な白樺の森が現われ、別荘の前に集う人びとは重たい足取りで森の中を歩き始める。〈シャウビューネ美学〉とは空間芸術である。観客は公演に足を運ぶたびに、まずはヘルマンの創り出した華麗な舞台空間に圧倒されたというが、『避暑に訪れた人びと』では実際にロシアの森が作り出されていたのである。そしてシュトラウスの改作は、チェーホフ劇の登場人物とは異なって〈個〉としては弱々しく、相互に罵り合いながらも依存せざるを得ないゴーリキー劇の〈群像〉を、〝個人と集団の葛藤〟の問題として提示することに関心があったので、原作の第一幕と第二幕を大幅に改稿し（残りの第三幕と第四幕はほぼ原作の流れに沿っている）、冒頭から一度にすべての登場人物たち――「十三人の見知らぬ人びと」が観客と向き合うように計算されている。彼ら「過ぎ去った時代の人びと」の集団的コミュニケーションはどんな風に展開されるのか、「人びとが絶え間なく行き来するさま、ただ一つの巨大な声の喧騒」を提示することで、一見すると観客に同時代の問題からは距離を取らせながら、その実、現代の諸問題を規定している事象に対して〈内省〉を促がそうとしたのである。

別荘番プストバーイカとクロピールキンの奏でる呼び子笛と拍子木の響きが、さながら通奏低音のように、作品全体を静かにこだましている。美しい森の中で密かに出口を探し求める十三名の人びとがその都度カップルになって愛を囁きあう。そしてそれを冷ややかに見つめる別のカップルたち――。問題は解放運動ではなく、その前哨戦における同時代人たちの「精神構造」であると言えそうだ。やがて俳優たちは口々にセリフを交わし始めるが、それらは六八年の〈五月革命〉以降の世界――左翼や右翼といった政治的「メタ物語」が空中分解し、社会的規範も固有の文化も見失ったまま「新しき個人主義」の台頭してくる現代社会――を生きる若者たちの姿を暗示するように聞こえてくるだろう。そしてそれは同時に、まるで冷たいナイフのように受容者の心に深く突き刺さり、激しく問いかける、情け容赦のない悲痛な言葉の群れでもあるのだ。何気ないセリフとともに抑圧されてきた日常の鬱屈が一挙に噴出し、最後のパーティの場面では、一枚のヴェールを剝ぎ取るかのように、居場所のない〈小市民〉の矮小化された精神構造が一気に露わになるという美しくも恐ろしい作品である。そして山場であるはずの最終場面、少なくともシュトラウスによって再構成されたテクストの論理的必然性に従うならば、女性たちが自立を決意して出発する見せ場のシーンを、シュタインは〈宙吊り状態〉に演出して、本当の結末は観衆の想像に委ねているのである。

こうした〝チェーホフ劇〟の身振りが、実はそのまま〈シャウビューネ美学〉の本質を形作っていると言えなくもない。批評家イーデンは、ベルリン・シャウビューネの演劇的プログラムを次のように要約している——「〈劇団シャウビューネによる〉一九七八年までのすべての上演活動は、挫折に終わる旅立ちについて物語っている。もっと言ってしまえば、これらの旅立ちには必然的そして内在的に、挫折するということが組み込まれている。いかなる旅立ちにも避けることのできない契機として挫折があるということを、彼らの活動は示している」。要するに、意図的に挑発的な両極——例えばブレヒトとハントケ、チェーホフとゴーリキー、あるいは目覚めと挫折といったような——に身を置く活動を彼らはプログラムとして持っていた、と考えることができるだろう。またハンス＝ティース・レーマンは、〝個人と集団の葛藤〟を考察するメディアとしての演劇形式における「コロス／個人軸」の現代における復権を指摘した上で、舞台上にほぼ全篇を通じてすべての登場人物が「社会的コロス」として存在し続けることの効果を唱え、ペーター・シュタインの『避暑に訪れた人びと』演出をその優れた例として挙げている。(14) このような演出動機が成功するならば、登場人物を演じる個性的な俳優たちとともに、ベルリン・シャウビューネという矛盾を抱えた創作集団そのものが、自分たちの生を大きく投影しながら、舞台上に押し出されてくることになろう。

そして、このような屈折した繊細な心象風景をありありと具現化できたのは、劇団シャウビューネの優れた俳優たちの仕事に負うところが大きい。この作品を一読すれば分かる通り、過去のテクストに〝現代〟（＝六八年以降の世界）の深層心理が色濃く映し出される箇所は枚挙に暇がない。ベルリン・シャウビューネは〈共同制作〉を掲げていたので、俳優たちが関心を持たない作品は上演されることがなかった。ペーター・シュタインが語っているように、劇団シャウビューネの最も重要な要素とは、俳優たちだったのである。この公演は、特に彼らの〈集団創作〉の到達点であったと言われ、俳優たちは自分たちの個性を曝け出しながら、芸術とは何か、政治性とは何か、人間とは何かを、観客に対してと同時に自分自身に対して激しく問いかけていた。その意味では、俳優たちの演技そのものがこの公演のドラマトゥルギーであったと言ってよいだろう。〈シャウビューネ美学〉とは俳優の演劇なのである。ボートー・シュトラウスは後に当時を回顧しながら、劇団シャウビューネの活動とは「格闘すること、希望を志向すること」であったと述べている。この上演は、彼ら〈六八年世代〉の演劇的営為をめぐる〝自己省察〟を美しく結晶化している。

5 〈シャウビューネ美学〉の終焉

始まりがあれば、終わりも必ずやって来る。最後に彼らの活動の限界を指摘しておきたい。ベルリン・シャウビューネが成功を収めた理由のひとつとして、彼らが演劇に〈映像メディアの美学〉を持ち込んだ点が挙げられる。具体的には、映画の手法を取り入れたテクスト処理が施されたのである。『避暑に訪れた人びと』もその例外ではなく、彼らは全体を七十八の小場面に分けて改作し、舞台上では様々な「カップル」の対話に焦点を絞って筋を展開させた。各場面はときに同時並列的に配置され、〈群像〉が奏でる不協和音によってひとつの全体を構成したのである。

同様の構造は『顔なじみ、複雑な想い』（一九七五）、『再会の三部作』（一九七六）といった初期シュトラウスの演劇作品にも反復されており、この手法を完成させた『避暑に訪れた人びと』改作の仕事をヤン・エックホフは「映画的作劇法の誕生」と呼んでいるほどである。[15] 要するに〈シャウビューネ美学〉は、映画産業の手法を演劇メディアに置き換えて導入することで、その評価を高めたのだ。後に劇団の俳優たちが「ニュー・ジャーマン・シネマ」など映画界でも成功を収めたのは偶然ではない。

もともとシュトラウスがシュタイン『タッソー』演出の新しさとして注目したのは、「映画を見ているような」舞台作りであった。シュタインは登場と退場というシステムを排し、俳優たちは全員が「並列舞台」の上にとどまり続け、グループからグループへと対話が飛び交うなか、めいめいが黙ってそれぞれの演技に没頭している。その振舞いがすでに見るに値するものだ、とシュトラウスは記述していた。この演劇論に従うならば、観客の眼差しはビデオカメラと化して、舞台上に自在に自分だけの映画を展開して楽しむことができた。その意味では、『避暑に訪れた人びと』は、ベルリン・シャウビューネの起点でもある『タッソー』劇公演の延長線上にあると同時に、その到達点だったのである。

実際に『避暑に訪れた人びと』は、シュトラウスの仕事として初めて映像化された。監督はペーター・シュタインである。ところが、評価は芳しくなかった。演劇人たちはおおむね好意的であったが、映画人たちの多くは批判的なコメントを寄せてきた。映像メディアの手法を演劇に持ち込んで評価を獲得した彼らだったが、今度は「映画みたいな演劇」を映像メディアに移植してみると、明らかな問題点が目に付いた。仰々しい「芝居じみた映画」にしか見えなかったのである——。

たしかに、同じ〈群像〉を描くにしても、舞台上にすべての俳優が存在し続けるように、映像スクリーンの枠内に十三人の登場人物をすべて収め続けることは不可能であろう。一枚のフレームに同時に映し出せる人数には限界がある。その点、シュタインの映画は、個々の「カップル」がクローズ・アップされると同時に、必ずそこに通りすがりの第三者の姿が映し出されるなどして、アンサンブルの全体性を強調する工夫が施されてはいる。しかしながら、ミヒャエル・バルハウス担当のカメラ・ワークもどこか人工的で単調である上に、観客の眼差しを惹きつける魅力的な画面描写にも乏しいように思われる。舞台上演では自由であるはずの俳優たちも、映画では内省する〈主体〉を曝け出すというよりも、単に流れに沿って月並みな役回りを演じなければならなかった。またセリフは、映画用に改めて短くカットされてはいるものの、それでもあまりに文学的な印象を与える。映像メディアとして見た場合には、言葉や内省に比重が置かれ過ぎたために、退屈で冗長に感じられるのだ。結局のところ、野外で演劇をそのまま撮影したようなスタイルばかりが目立って、映画ならではのアプローチに欠けていたのである。

従来の単線的なプロットを解体して切断的・点描的な方法論を駆使するシュトラウス／シュタ

インのテクスト処理は、メディア時代の知覚様式に近づいたのではあるが、最後までテクスト中心主義を離れることはなかった。あくまでも言葉、対話にこだわるのがシュタイン、シュトラウスであった。シュタインは映画においても俳優たちが語る〝言葉＝テクスト〟を重視し、映像のみで語らせる、例えば寓意的な自然描写や音響、目くるめくカメラ・ワークで多くを語らせるということはできなかった。映像美学において、ある意味で〈言葉〉は余計だったのだ。人物描写や文学言語は大幅にカットされるか、少なくとも映像メディアの言語へと簡潔に書き替えられねばならなかった。しかしシュタインの側からすると、内省する〈主体〉をあぶり出すこと、それも〈言葉〉を通じてその様態を描出すること、それが彼らのゆずれぬ立場だったのである。

ところが八〇年代に入ると、新たな映像美学――例えばスローモーションの動きを演劇メディアに持ち込んだロバート・ウィルソンの斬新な演出など、〝言葉＝テクスト〟そのものをラジカルに解体してゆく「ポストドラマ演劇」が次第に主流となっていく。象徴的な出来事となったのが、一九七九年に行われたウィルソンの『死、破壊そしてデトロイト』のベルリン・シャウビューネにおける客演であった。長年〈シャウビューネ美学〉をともに育んできた批評家たち、わけてもP・イーデンなどは、ヨーロッパ演劇の内省の殿堂である「シャウビューネ」に、アメリカの「恥知らずな誘惑者」がディスコ音楽とともに仲間を引き連れてやって来て、「言葉も意味もない演劇」を上演したことを腹立たしげに記述している。しかし小さなハレ河岸劇場で育まれた〈シャウビューネ美学〉は、以後、その影響力を急速に失ってゆくのである。

ところが、二一世紀に入ってみると、新生シャウビューネの芸術総監督に就任した演出家トーマス・オスターマイアーらは「新リアリズム」を標榜しており、いわば革新としての伝統回帰といった姿勢から、興味深いことに〝ドラマ演劇の復権〟を唱える傾向を見せている。また現在第一線で活躍し、新生シャウビューネ発足時にはドラマトゥルクを務めた中堅劇作家、マリウス・フォン・マイエンブルクやローラント・シンメルプフェニヒらの映画を思わせる斬新な作劇法は、三〇年以上の長きにわたってドイツ演劇界の第一線に君臨してきたボートー・シュトラウスの映像メディアの手法、テクスト処理を抜きにしては考えられないであろう。

そして、そのシュトラウス自身、かつての劇団の看板女優ユッタ・ランペが二〇一〇年にヨアナ・マリア・ゴルヴィン女優賞を受賞するとさっそく賛辞を寄せて、以下の点から改めて〈シャウビューネ美学〉を復権すべきことを唱えている。それは（「ポストドラマ演劇」に対抗して）、演劇においては他人と一緒に演じるという相互依存の関係性から初めて偉大なものは学ばれること、過去の声望あるテクスト、伝承を尊ぶこと、人間の内面とその不確かさに注意を向けること、優れたテクストと演出のはざまで俳優は節度や抑制を学ぶのだ、といった見解に収斂されよう。(16)そしてそのような演劇の時代が再び巡ってくると、残念ながらすでに過去の劇作家となった観のあるシュトラウスは固く信じているようだ。

新しい集団的営為の可能性を求めて格闘したベルリン・シャウビューネの功績は、演劇を解体するのではなく、それを歴史的に再構成したこと、矛盾に身を曝しながら、同時代が抱える多様な問題系を内省しつつ観客に提示したことに求められるだろう。少なくとも彼らは、現代における〈改作劇〉上演の可能性をめぐって指導的役割を果たしたと言えるだろう。メディア時代における新しい〝意識のあり方＝内省〟を基軸に据えて、偉大なる過去の戯曲の〝テクスト＝言葉〟と格闘しながら、孤立した現代人の空虚な「精神構造」を解き明かすべく演劇活動を展開した七〇年代黄金期シャウビューネの業績は今、まさに読み直しを迫っているともいえるのだ。

註

（1）Hans-Thies Lehmann: Postdramatisches Theater. Frankfurt a.M.: Verlag der Autoren, 1999, S. 22f.［邦訳：ハンス＝ティース・レーマン『ポストドラマ演劇』、谷川道子ほか訳、同学社、二〇〇二年、二三頁］

（2）Erika Fischer-Lichte: Ästhetik des Performativen. Frankfurt a.M.: Suhrkamp, 2004, S. 22.［邦訳：エリカ・フィッシャー＝リヒテ『パフォーマンスの美学』、中島裕昭ほか訳、論創社、二〇〇九年、二二頁］

（3）もっともこれは、シュトラウス的意味合いにおける「右翼宣言」であり、彼は自分の掲げる「右翼」とは非政治的なものであって、政治的な極右勢力は嫌悪する、と断言している。むしろ現代社会の「根無し草」状態への懐疑から文壇に一石を投じようとしたグローバル化時代における文化や記憶、アイデンティティの問題だと考えられる。「右であること、安っぽい信念や低俗な意図からではなく、全存在をあげて右であること。それは、国民としてよりも人間を捉え、彼が凡庸な生活を送っている現代の啓蒙された境遇の真っ只中で彼を孤絶せしめ、震撼させる、そのような想起の圧倒的な力を体験することである。これが浸透してくると、犬のような物まねや、非救済史の古物商店に手をのばす、忌まわしくも滑稽な仮装舞踏会は不必要になってくる。反逆の別な行為が問題なのだ。すなわち、個人から過去の未啓蒙化時代や、歴史が生成したもの、および神話的時間の現前のいっさいを奪い去り、抹消しようとする現代の全体主義的な支配に対する反逆の行為が。救済史のパロディに他ならない左翼のファンタジーとは異なって、右翼のファンタジーは来たるべき世界帝国を描き出しはしないし、何らユートピアを必要としはしない。右翼のファンタジーはあの長い、不動の時間に再接続することを求めるのであり、そのあり方に従えば深層想起なのであって、その限りにおいては一種の宗教的ないしは原政治的なイニシエーションである。それは常に、実存的に喪失のファンタジーであって、（地上における）約束のファンタジーではない。つまりそれは、ホメロスからヘルダリーンに至るまでの詩人のファンタジーに他ならないものなのだ」。Botho Strauß: Anschwellender Bocksgesang. In: Der Spiegel, Nr. 6 vom 8. Februar 1993, S. 202-207, hier: S. 204. ドイツ再統一にともなう喧騒のさなか、東欧からは大量の政治難民が流入し、極右勢力による外国人襲撃事件が頻発していた時代である。批判的見解が紙面を賑わせ始めると、やがてシュトラウスは集中砲火を浴びながら、ドイツの言論界に未曾有のセンセーションを巻き起こしていった。なお、ギリシア語に由来する悲劇（Tragödie <gr. *tragodia*）の概念を字義通りに翻訳すると、山羊の歌（Bocksgesang = *tragos* "Bock" + *ode* "Gesang"）となる。すなわち作品の標題は、現代社会のなかで日増しに〈悲劇〉が高まりつつあることを暗示している。

（4）ミシェル・フーコー『知の考古学』、中村雄二郎訳、河出書房新社、一九九五年、二四二頁。

（5）もっとも旧東側の劇作家ハイナー・ミュラーもまた、暴走する歴史に対してブレーキをかける役割を果たしてきたのがコミュニズムであると語っていた――「ヨーロッパのさまざまな革命というのは、基本的に、減速化の試みをなすものでした。〔……〕革命というのは、むしろ、時の流れをおしとどめようとする試みであり、歴史というものの加速化にブレーキをかけ、速力を落とそうという試みなのです」。ハイナー・ミュラー『悪こそは未来』、照井日出喜訳、こうち書房、一九九四年、二〇四頁。

（6）バニュは、演出家シュタインの仕事を「解剖学の演劇」と定義付けたうえで〈構造主義〉からの影響を指摘しているが、理論に関して橋渡しをしているのは明らかにシュトラウスであろう。Georges Banu: Peter Stein und der sichere Grund der Texte. In: Harald Müller und Jürgen

Schitthelm (Hrsg.): 40 Jahre Schaubühne Berlin. Berlin: Theater der Zeit, 2002, S. 156-165.

（7）チェーホフ＝ゴーリキイ『往復書簡』、湯淺芳子訳、和光社、一九五三年、六、一四、一八八、二五四頁を参照。シュトラウスの分析によれば、ゴーリキーの戯曲『別荘人種』は、「チェーホフの『ワーニャ伯父さん』からの影響なしにはまったく考えることのできない」作品である。確かに、チェーホフの『森の精』や『ワーニャ伯父さん』における知識人と民衆との対立といったモティーフ、『かもめ』に見られる流行作家との恋、劇中劇や文学談義といったテーマ、またピストル自殺や不倫関係などのプロットは『別荘人種』＝『避暑に訪れた人びと』でも踏襲されており、明らかな〝チェーホフ劇〟の痕跡が見て取れるのである。なお『別荘人種（Datschniki）』は演出上、〝チェーホフ劇〟として改稿されたのであるから、今日の視点から見た場合、ペーター・シュタインとボートー・シュトラウスによるドイツ語改作版を〈改作劇〉としてすでにオリジナルの一次テクストと見做すことができるので、内容をも考慮した上で、ここでは新たに『避暑に訪れた人びと(Sommergäste)』と訳している。

（8）シュトラウスは『豚の貯金箱』改作への最も強い動機を「劇場で過ごす一晩のあいだ、奇妙な一集団の外的ならびに内的体験談を披露すること」に求めている。Vgl. Botho Strauß: Theaterstücke I. München/Wien: Hanser, 1991, S. 218. 舞台上で〈群像〉を描くことがシュトラウス初期からの関心のようだが、これは矛盾を抱えた時代を生きるベルリン・シャウビューネそのものを自己投影的に示したいという欲求と無縁ではなかろう。

（9）Maxim Gorki: Sommergäste. Übersetzung und Nachwort von Helene Imendörffer. Stuttgart: Reclam, 1975, S. 125 und 127. ちなみにゴーリキーの処女戯曲のタイトルは『小市民』（一九〇二）であったし、個人主義的なインテリたちを批判的に描出した『別荘人種』（一九〇四）、『太陽の子』（一九〇五）、『野蛮人』（一九〇六）の成立前後には、『小市民層についての覚書』（一九〇五）、『個性の崩壊』(一九〇八)といった論考も書いて、繰り返し彼らを批判している。さらに『別荘人種』の演出を希望したマックス・ラインハルトに宛てた一九〇四年十二月の書簡においてゴーリキーは、作品の概要を次のように説明している――「私はロシアのインテリゲンチャの次のような人たちを描写しようとしました。この人たちは人民階層の出自であるのに、一定の高い社会的地位に到達した後は彼らの血縁であるはずの人民との結び付きを失い、人民の利害や彼らの生活を改善してやる必然性を忘れてしまったのです。インテリ連中のこの種の人たちは、ブルジョワジーや官僚主義社会との精神的な血縁関係をいまだ見出してはおらず、彼らはただそこに機械的に結び付いているだけで、支配階層として共通の使命や生活態度を有するひとつの全体には、いまだ溶け込んではいないのです」。Ebd., S. 132.

(10) シュトラウスは両者の違いを次のように分析している――「ゴーリキーをチェーホフの人格へと引きつけていた近さと相違のなかの悶々とした想いが、チェーホフ作品、わけても彼の戯曲作品に対するゴーリキーの関係をも規定している。すなわち、熱狂的にチェーホフに倣って作品を創ることによる近さと、ゴーリキーに特有な、頑なに別種の表現を追い求めようとする態度からくる相違とである。チェーホフの作品は、まさに完璧な作品としてゴーリキーの目には映ったことだろう。そして完璧な作品というのは、そのままにしてはおけないという、自分の能力に対する抗い難い挑発を意味するものなのである――すなわち撤回を求める、やむにやまれぬ気持ちを生み出すのだ。チェーホフが人間の態度に確信していることが不変的で客観的な事実であるというのは、撤回されねばならない」。やがて、チェーホフ『ワーニャ伯父さん』の圧倒的な影響下にゴーリキーが『別荘人種』を書き始めると「模範作品を超克、完成作品を破壊する試みは功を奏し始める、思いもよらなかった出発点が明らかになってくるのだ――戯曲『別荘人種』(=『避暑に訪れた人びと』)は、その筋書きから、まさに次第に出発へと向かうこのプロセスを指し示している。それは、チェーホフ劇における経過と旅立ちの運動と比較してみるなら、根本的な方向性の変化である」。Vgl. Sommergäste nach Gorki. Programmheft der Schaubühne am Halleschen Ufer. Berlin 1974, S. 48.

（11）シュトラウス曰く、「チェーホフはゴーリキーに語っている——『二百年後の生活はきっと改善されていることを私たちは望みます、けれどもこの改善を明日のうちにも始めようと心を砕く人がいないのです』。ゴーリキーの避暑に訪れて自立した人びとは、最終的にはこのような骨折りのために出発してゆくのである」。Ebd.

（12）この作品の初校は、モスクワ芸術座を率いるネミローヴィチ＝ダンチェンコに批判されて受理されず、ゴーリキーは当時『どん底』（一九〇二）で大当たりを取っていたにもかかわらず、『別荘人種』は平板で退屈な未完成の作品と見做されたのである。Vgl. Ebd., S. 43f.

（13）この舞台上演を当時実際に見た渡辺知也は、次のような観劇報告をしている——「強烈な照明にうかび上った白樺林を背に前舞台に立った演技者たちの黒い影をみた時、死神にとりつかれた人々の憎悪と絶望の影を見る思いがして息をのんだ」。渡辺知也、一六頁参照。

（14）前掲『ポストドラマ演劇』、一七一～一七六頁。

（15）Vgl. Jan Eckhoff: Der junge Botho Strauß. Literarische Sprache im Zeitalter der Medien. Tübingen: Niemeyer, 1999, S. 203f. ミヒャエル・テーテベルクもまた「シュトラウスの作劇法は映画によって刻印されている」と述べている。Vgl. Michael Töteberg: "Denn das Auge des Schauspielers belichtet den Film" Kino und Film bei Botho Strauß. In: Michael Radix (Hrsg.): Strauß lesen. München/Wien: Hanser, 1987, S. 85-92, hier: S. 88f.

（16）Botho Strauß: Was macht ihr denn da? In: Frankfurter Allgemeine Zeitung, Nr. 112 vom 17. Mai 2010, S. 27 und 29.

ベルリン・シャウビューネに関する主要参考文献

Peter von Becker: Das Theater ist eine geisterhafte Veranstaltung. Ein Gespräch mit Peter Stein. In: Theater 1993. Das Jahrbuch der Zeitschrift «Theater heute», S. 6-28.

Volker Canaris: Sommergäste, Regie Peter Stein. In: Theater heute. Jahressonderheft 1975, S. 52-59.

Joachim Fiebach: „Das entscheidende für uns [⋯] ist das Theater in Paradoxis" — Zur Schaubühne am Halleschen Ufer von 1970 bis 1980. In: Erika Fischer-Lichte/Friedemann Kreuder/Isabel Pflug (Hrsg.): Theater seit den 60er Jahren. Grenzgänge der Neo-Avantgarde. Tübingen/Basel: Francke, 1998, S. 235-315.

Joachim Fiebach: Das Theater „in Paradoxis". Die 70er Jahre. In: Harald Müller und Jürgen Schitthelm (Hrsg.): 40 Jahre Schaubühne Berlin. Berlin: Theater der Zeit, 2002, S. 166-219.

Volker Hage: Schreiben ist eine Séance. Begegnungen mit Botho Strauß. In: Michael Radix (Hrsg.): Strauß lesen. München/Wien: Hanser, 1987, S. 188-216.

Peter Iden: Die Schaubühne am Halleschen Ufer 1970-1979. München/Wien: Hanser, 1979.

Peter Iden: Am Ende der Neuigkeiten. Am Anfang des Neuen? In: Theater 1980. Das Jahrbuch der Zeitschrift «Theater heute», S. 126-128.

Schaubühne am Halleschen Ufer am Lehniner Platz 1962-1987. Berlin: Propyläen, 1987, S. 59-299.

Sommergäste nach Gorki. Programmheft der Schaubühne am Halleschen Ufer. Berlin 1974.

Peter Stein/Dieter Sturm/Jack Zipes: Utopia als die erhaltene Vergangenheit. In: Joachim Fiebach (Hrsg.): Manifeste europäischen Theaters. Grotowski bis Schleef. Berlin: Theater der Zeit, 2003, S. 232-243.

Peter Stein: Maxim Gorki - Sommergäste. DVD. Berlin: absolut Medien, 2007.
Botho Strauß: Versuch, ästhetische und politische Ereignisse zusammenzudenken. Frankfurt a.M.: Verlag der Autoren, 1987.
Botho Strauß: Der Gebärdensammler. Texte zum Theater. Hrsg. von Thomas Oberender. Frankfurt a.M.: Verlag der Autoren, 1999.
谷川道子「矛盾としての演劇――白鳥の歌・道化・抵抗の美学」、『ドイツ現代演劇の構図』所収、論創社、二〇〇五年、五四〜八〇頁。
東京演劇アンサンブル『避暑に訪れた人びと』上演パンフレット、二〇一〇年。
新野守広『演劇都市ベルリン――舞台表現の新しい姿』、れんが書房新社、二〇〇五年、一二九〜一五〇頁。
渡辺知也「西ベルリン・シャウビューネの今昔」、早川書房『悲劇喜劇』、一九八一年三月号（特集・ベルリンの演劇）所収、一一四〜一一八頁。

あとがき

日本におけるドイツ演劇受容の状況は、「日本におけるドイツ年」(二〇〇五/二〇〇六)を経たあたりから大きく変化して、今ではクリストフ・マルターラーの静謐かつ音楽的な舞台や、素人俳優ばかりを起用するリミニ・プロトコルやシー・シー・ポップらのドキュメンタリー風の先鋭的な「改作劇」もタイムリーに紹介されるようになってきた。「改作劇」といえば、ハイナー・ミュラーの代表作『ハムレットマシーン』や『メディアマテリアル』のように、古典作品の贅肉を削ぎ落として、不気味な骨格をラジカルに照射するような戯曲も、九〇年代にはすでに日本の演劇シーンでも話題になっていた。もはや原作の痕跡をとどめない斬新な演出は、現代では当たり前になってきたが、古典戯曲の構造をそこになお浮かび上がらせるような手法がドイツには多く見られ、その独自の美学は世界中の演劇人たちに刺激を与え続けているといえよう。

このように、現代における「改作劇」の問題を顧みた場合、かつてミュラーと並び称された劇作家、ボートー・シュトラウスの存在を無視することはできない。彼は偉大な古典テクストを下敷きにしながら、そこに同時代人の空虚な心象風景を巧みに描き出すことに成功した、いわば「改ったのであ作劇」執筆の大家であると同時に、旧西側社会の「年代記作者」とも呼ぶべき人気作家なのであった。そして、彼のこのような手法の起点が、ベルリン・シャウビューネのドラマトゥルク時代に手がけた、ゴーリキーに拠る『避暑に訪れた人びと』改作の仕事にあることは言うまでもない。古典作品をアクチュアルなものとして現前させ、表現者と観客が一体となって、そこから何を学ぶことができるか考えた場合に、その手がかりとなるような記念碑的成果が、まさにこの作品なのであった。

この作品を翻訳上演するきっかけを作ってくださったのは、恩師である谷川道子先生だった。ブレヒト作品の上演で有名な老舗劇団・東京演劇アンサンブルが、谷川先生の翻訳で『ブレヒトのアンティゴネ』公演（二〇〇九）を行った際、その上演パンフレットに文章を書くように僕を推薦され、『ブレヒト――僕らの同時代人』というエッセイを寄稿、それが歴史ある同劇団と関わる最初の仕事になった。

その後、劇団の中核を担う看板俳優の公家義徳くんや原口久美子さん、制作部の小森明子さんや太田昭さんと親しく飲む間柄になり、あるとき劇団の本拠地「ブレヒトの芝居小屋」を出て一杯飲んだ帰りに、東京都練馬区の武蔵関駅前で酔っ払いながら「ボートー・シュトラウスと劇団シャウビューネ」という拙論を手渡した。これは、本訳書解題のもとになった論考である。戦後ドイツの演劇史では、「ブレヒトとベルリナー・アンサンブル」に次ぐ存在でありながら、日本ではあまり紹介されてきたとはいえない劇団シャウビューネについて、同じくらい長い歴史を有する東京演劇アンサンブルの彼らが何を感じ取ってくれるか、興味があったのである。

かくして、一九七〇年代当時の西ドイツで新しい演劇的営為を求めて激しく格闘した演劇集団ベルリン・シャウビューネの存在に挑発された彼らが、日本で同じ変革期を生き抜いてきた東京演劇アンサンブルの立場から親縁性を感じ取ってくれて、劇団内で拙論をめぐる討論会まで開いてくれたのである。確かに、一九五四年創設の東京演劇アンサンブルは、チェーホフとブレヒトに触発されて誕生した劇団であり、一九九三年にはチェーホフの『かもめ』を本場モスクワ芸術座で客演し、二〇〇六年のブレヒト没後五〇年祭では、アジアの劇団として唯一招待を受けて、ブレヒトの本拠地ベルリナー・アンサンブルで『ガリレイの生涯』を上演してもいる。ドイツ語圏の演劇やチェーホフ劇と取り組んできたキャリアが、日本の劇団の中では群を抜いて長いのだ。また、アンサンブルとして自分たち自身の姿＝集団的営為を何より表現したいという欲求からも、彼らとベルリン・シャウビューネには近いものがあるだろう。こうして、黄金期シャウビューネによる輝かしい舞台上演の到達点と目される『避暑に訪れた人びと』を、現在の日本の状況下から、新しい集団的営為の可能性を模索しながら上演したい、という運びになった。奇しくも二〇一〇年は、チェーホフ生誕一五〇年にあたる年だった。

こうして、ドイツ語改作版をオリジナルの一次テクストとみなし、新たに訳出した原稿が本訳書のもとになった。翻訳がひととおり終わった段階で、改めてテクストを吟味しながら、本当にこの作品を上演したいかどうか劇団内では投票が行われたそうだが、結果は満場一致で公演が決定したとのことである。その後、僕もドラマトゥルクとして公演に携わることになり、レクチャーや飲み会等を通じて絶えず劇団員に寄り添いながら、この作品をいま上演する意義について何度も劇団員たちと話し合った。

テクストからは、登場人物たちが自己批判しながら自らの存在意義を問いかけるという、現実の演じ手が自らのアイデンティティを役柄に投影させる自己言及性の構造が見られるが、俳優たちはこの構造に着目したうえで、表現者としての自らの葛藤をも同時に表出しなければならない。それは、折りしも二〇〇八年からの一連の金融危機や、民主党政権による事業仕分け、芸術文化行政における助成金削減の不安などから、劇団が悩めるアンサンブル自身の物語として、この作品の舞台化をいま試みるということでもあった。また同時に、長年東京演劇アンサンブルを率いてきたカリスマ演出家・広渡常敏（一九二七〜二〇〇六）亡き後、今後の劇団の方向性を探る意味合いからも、まずは自分たちの演劇的営為のあり方や存在意義を観客とともに問いたい、という強い姿勢が上演の根底に置かれたのである。

『避暑に訪れた人びと』の演出は、広渡の盟友であり、俳優座養成所を卒業した劇団三期会の結成メンバーでもある入江洋佑が担当した。喧騒のなかでの心の虚無感を表象している青を基調とした宣伝ポスターが用意され、舞台美術はロシアの避暑地の森をイメージさせる深い緑であった。中央には俳優が自分自身に向かって演技するための円形劇場が築かれ、総勢一六名の様々な人びとが浮かび上がっては消えていった。しかし途切れることなく、舞台空間には常に巨大な声のざわめきが鳴り響くことになった。そして約三時間半にも及ぶ上演時間の中で、筋書きよりも次第に「人間」＝アンサンブル自身の姿が舞台上に現れ出て、最終的には「人間」よりも認識の契機となる「言葉」のほうが受容者の心に重くのしかかり、終演後に激しく問い返されたのである――。

　原作者ゴーリキーは、この戯曲と同時期に書かれた評論『個性の崩壊』（一九〇八）のなかで次のように述べている――「芸術は個人にも可能だ。しかし創造の能力を有するのは集団だけである」、と。東京演劇アンサンブルは、文字どおり「アンサンブル」として集団的営為の新しい可能性を追求しながら、広渡亡き後の劇団が持てる個性も、格闘する姿もすべて舞台上に曝け出して、この作品と真剣に向かい合ってくれたのだ。

　上演に至る過程では、この作品に登場する素敵なセリフをお互いにパラフレーズしながら、僕たちは幾度となくメールで連絡を取り合った。とても楽しくて、忘れがたい、そして充実した、記録的な猛暑となった夏だった。考えてみれば、ゴーリキー原作の舞台裏である〈チェーホフ劇〉のロシア・モスクワ芸術座から、現代における「改作劇」上演の模範となったベルリン・シャウビューネを経て、過去の偉大なる演劇的営為に連なりながら東京演劇アンサンブルへという、世界の演劇史に学び実践する大胆なプロジェクトだった。そして劇団員たちは、演技のうまい下手を超えて、この作品が持つ「人間」の姿を、「言葉」の重みを、しっかりと我われまで届けてくれた。彼らは本当にいい作品をじっくりと見せてくれたと思う。

最後になるが、ドイツ本国では一九七〇年代から三十年以上の長きにわたって演劇界の第一線に君臨し、最も議論される現代劇作家の一人と見做されながら、これまで日本では体系だてて紹介されることのなかった「ボートー・シュトラウスとベルリン・シャウビューネ」について、彼らの代表作を翻訳と解題から一冊に纏める良い機会が持てたことを大変うれしく思う。本書の意義を認め、出版を快く引き受けて煩雑な編集作業を円滑に進めてくださった高橋宏幸氏には心からお礼申し上げたい。また、この作品を上演するという「素敵な悪だくみ」を一緒に考えて、先頭に立って実現してくれた東京演劇アンサンブルの公家くんと小森さんに、この場を借りて改めて深く感謝したい。

二〇一一年四月　震災後の世界から

大塚　直

【翻訳者紹介】
大塚 直〔おおつか・すなお〕
1971年広島県生まれ。ボートー・シュトラウスに関する研究で博士号取得。専門は近現代ドイツ語圏の演劇・文化史。著書に『メディア論』（共著）、『演劇インタラクティヴ』（共著）、訳書にローラント・シンメルプフェニヒ『前と後』など。愛知県立芸術大学音楽学部准教授、早稲田大学演劇博物館グローバル COE 学外研究協力者。

【原作者紹介】
Maxim Gorki〔マクシム・ゴーリキー〕
1868年ニージニー・ノヴゴロド生まれ。ロシア各地を放浪した後、作家活動を開始する。社会主義リアリズムを創始して、資本主義経済が生み出す人間の矮小化の問題を描き、闘う労働者大衆による革命運動の理想を追求した。代表作に『海燕の歌』、『どん底』、『母』など。1936年にモスクワで没する。

【改作者紹介】
Peter Stein〔ペーター・シュタイン〕
1937年ベルリン生まれ。巨匠フリッツ・コルトナーの許で演出を学び、70年代から80年代にかけて黄金期ベルリン・シャウビューネを牽引、クラウス・パイマンと並んでドイツ語圏の〈68年世代〉を代表する演出家と目される。2000年のハノーファー万博では、ゲーテの『ファウスト』を21時間かけて通し上演した。

Botho Strauß〔ボートー・シュトラウス〕
1944年ナウムブルク生まれ。1967年から演劇誌「テアーター・ホイテ」にて演劇批評を担当、1970年からベルリン・シャウビューネに参画。現代人の空虚な心象風景を神話的世界と絡めて提示する数々の話題作を提供し、80年代にはハイナー・ミュラーと並び称された現代劇作家、小説家。代表作に『再会の三部作』、『公園』、『終合唱』など。

避暑に訪れた人びと　——ベルリン・シャウビューネ改作版

2011年7月10日　初版第1刷印刷
2011年7月20日　初版第1刷発行

原作　マクシム・ゴーリキー
改作　ペーター・シュタイン／ボートー・シュトラウス
訳者　大塚　直
装丁　奥定泰之
発行者　森下紀夫
発行所　論 創 社
〒101-0051 東京都千代田区神田神保町2-23　北井ビル
tel. 03(3264)5254　fax. 03(3264)5232
振替口座 00160-1-155266　http://www.ronso.co.jp/
印刷・製本　中央精版印刷
ISBN978-4-8460-0969-4

ドイツ現代戯曲選◉好評発売中！

座長ブルスコン◉トーマス・ベルンハルト

ハントケやイェリネクと並んでオーストリアを代表する作家．長大なモノローグで，長台詞が延々と続く．そもそも演劇とは，悲劇とは，喜劇とは何ぞやを問うメタドラマ．池田信雄訳　本体 1600 円

ヘルデンプラッツ◉トーマス・ベルンハルト

オーストリア併合から 50 年を迎える年に，ヒトラーがかつて演説をした英雄広場でユダヤ人教授が自殺．それがきっかけで吹き出すオーストリア罵倒のモノローグ．池田信雄訳　本体 1600 円

古典絵画の巨匠たち◉トーマス・ベルンハルト

オーストリア美術史博物館に掛かるティントレットの『白ひげの男』を二日に一度 30 年も見続ける男を中心に，三人の男たちがうねるような文体のなかで語る反＝物語の傑作．山本浩司訳　本体 2500 円

ワイキキ・ビーチ。◉マーレーネ・シュトレールヴィッツ

表題作の「ワイキキ・ビーチ。」は，暴力，アルコ，不倫，汚職など凄惨の光景のはてに見えるものを描く．他にロンドンの地下鉄駅「スローン・スクエア。」を舞台に日常と狂気を描く作品を収録．松永美穂訳　本体 1800 円

崩れたバランス／氷の下◉ファルク・リヒター

グローバリズム体制下のメディア社会に捕らわれた我々の身体を表象する，ドイツの気鋭の若手劇作家の戯曲集．例外状態の我々の「生」の新たな物語．小田島雄志翻訳戯曲賞受賞．新野守広／村瀬民子訳．　本体 2200 円

無実／最後の炎◉デーア・ローアー

不確実の世界のなかをさまよう，いくつもの断章によって綴られる人たち．ドイツでいま最も注目を集める若手劇作家が，現代の人間における「罪」をめぐって描く壮大な物語．三輪玲子／新野守広訳　本体 2300 円

ドイツ現代演劇の構図◉谷川道子

アクチュアリティと批判精神に富み，常に私たちを刺激し続けるドイツ演劇．ブレヒト以後，壁崩壊，9．11 を経た現在のダイナミズムと可能性を，様々な角度から紹介する．舞台写真多数掲載．　本体 3000 円

全国の書店で注文することができます．